杭州优秀传统文化丛书编纂委员会

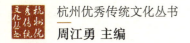

杭州优秀传统文化丛书

周江勇 主编

灯谜

猜不透

考拉看看——编著

祝雪梅 高静荣——执笔

杭州出版社

图书在版编目（CIP）数据

灯谜猜不透 / 考拉看看编著；祝雪梅，高静荣执笔
. -- 杭州：杭州出版社，2020.9
（杭州优秀传统文化丛书 / 周江勇主编）
ISBN 978-7-5565-1355-0

Ⅰ.①灯… Ⅱ.①考… ②祝… ③高… Ⅲ.①灯谜—
介绍—杭州 Ⅳ.① I207.78

中国版本图书馆 CIP 数据核字（2020）第 171753 号

Dengmi Cai Bu Tou

灯谜猜不透

考拉看看　编著　祝雪梅　高静荣　执笔

责任编辑	李竹月	
装帧设计	李轶军　祁睿一	
美术编辑	章雨洁	
责任校对	陈铭杰	
责任印务	屈　皓	
出版发行	杭州出版社（杭州西湖文化广场32号6楼）	
	电话：0571-87997719　邮编：310014	
	网址：www.hzcbs.com	
排　版	浙江时代出版服务有限公司	
印　刷	杭州日报报业集团盛元印务有限公司	
经　销	新华书店	
开　本	710 mm×1000 mm　1/16	
印　张	16.25	
字　数	200千	
版印次	2020年9月第1版　2020年9月第1次印刷	
书　号	ISBN 978-7-5565-1355-0	
定　价	48.00元	

寄　语

　　中华优秀传统文化是中华民族的精神命脉，是我们在世界文化激荡中站稳脚跟的坚实根基。杭州拥有实证中华五千多年文明史的圣地良渚古城遗址，是首批国家历史文化名城和中国七大古都之一，历史给杭州留下了众多优美的传说、珍贵的古迹和灿烂的诗篇。西湖、大运河、良渚三大世界遗产和灵隐寺、岳庙、六和塔等饱经沧桑的名胜古迹，钱镠、白居易、苏轼、岳飞、于谦等名垂青史的风流人物，西泠篆刻、蚕桑丝织技艺、浙派古琴艺术等代代传承的非物质文化遗产，形成了完整的文化序列、延绵的城市文脉。"杭州优秀传统文化丛书"旨在保护城市文化遗存、弘扬优秀传统文化，包括一部专著和十个系列一百余册书籍，涵盖城史文化、山水文化、名人文化、遗迹文化、艺术文化、思想文化等方方面面，以读者为中心，具有"讲故事、轻阅读、易传播"的特点。希望广大读者能通过这套丛书，走进处处有历史、步步有文化的人间天堂，品读历史与现实交汇的独特韵味，在坚定文化自信中当好中华文明的薪火传人。

周江勇

　　（周江勇，中共浙江省委常委、杭州市委书记，"杭州优秀传统文化丛书"主编）

序 言

文化是城市最高和最终的价值

　　我们所居住的城市，不仅是人类文明的成果，也是人们日常生活的家园。各个时期的文化遗产像一部部史书，记录着城市的沧桑岁月。唯有保留下这些具有特殊意义的文化遗产，才能使我们今后的文化创造具有不间断的基础支撑，也才能使我们今天和未来的生活更美好。

　　对于中华文明的认知，我们还处在一个不断提升认识的过程中。

　　过去，人们把中华文化理解成"黄河文化""黄土地文化"。随着考古新发现和学界对中华文明起源研究的深入，人们发现，除了黄河文化之外，长江文化也是中华文化的重要源头。杭州是中国七大古都之一，也是七大古都中最南方的历史文化名城。杭州历时四年，出版一套"杭州优秀传统文化丛书"，挖掘和传播位于长江流域、中国最南方的古都文化经典，这是弘扬中华优秀传统文化的善举。通过图书这一载体，人们能够静静地品味古代流传下来的丰富文化，完善自己对山水、遗迹、书画、辞章、工艺、风俗、名人等文化类型的认知。读过相关的书后，再走进博物馆或观赏文化景观，看到的历史遗存，将是另一番面貌。

过去一直有人在质疑，中国有三千年文明，何谈五千年文明史？事实上，我们的考古学家和历史学者一直在努力，不断发掘的有如满天星斗般的考古成果，实证了五千年文明。从东北的辽河流域到黄河、长江流域，特别是杭州良渚古城遗址以 4300—5300 年的历史，以夯土高台、合围城墙以及规模宏大的水利工程等史前遗迹的发现，系统实证了古国的概念和文明的诞生，使世人确信：这里是古代国家的起源，是重要的文明发祥地。我以前从来不发微博，发的第一篇微博，就是关于良渚古城遗址的内容，喜获很高的关注度。

我一直关注各地对文化遗产的保护情况。第一次去良渚遗址时，当时正在开展考古遗址保护规划的制订，遇到的最大难题是遗址区域内有很多乡镇企业和临时建筑，环境保护问题十分突出。后来再去良渚遗址，让我感到一次次震撼：那些"压"在遗址上面的单位和建筑物相继被迁移和清理，良渚遗址成为一座国家级考古遗址公园，成为让参观者流连忘返的地方，把深埋在地下的考古遗址用生动形象的"语言"展示出来，成为让普通观众能够看懂、让青少年学生也能喜欢上的中华文明圣地。当年杭州提出西湖申报世界文化遗产时，我认为是一项需要付出极大努力才能完成的任务。西湖位于蓬勃发展的大城市核心区域，西湖的特色是"三面云山一面城"，三面云山内不能出现任何侵害西湖文化景观的新建筑，做得到吗？十年申遗路，杭州市付出了极大的努力，今天无论是漫步苏堤、白堤，还是荡舟西湖里，都看不到任何一座不和谐的建筑，杭州做到了，西湖成功了。伴随着西湖申报世界文化遗产，杭州城市发展也坚定不移地从"西湖时代"迈向了"钱塘江时代"，气势磅礴地建起了杭州新城。

从文化景观到历史街区，从文物古迹到地方民居，众多文化遗产都是形成一座城市记忆的历史物证，也是一座城市文化价值的体现。杭州为了把地方传统文化这个大概念，变成一个社会民众易于掌握的清晰认识，将这套丛书概括为城史文化、山水文化、遗迹文化、辞章文化、艺术文化、工艺文化、风俗文化、起居文化、名人文化和思想文化十个系列。尽管这种概括还有可以探讨的地方，但也可以看作是一种务实之举，使市民百姓对地域文化的理解，有一个清晰完整、好读好记的载体。

传统文化和文化传统不是一个概念。传统文化背后蕴含的那些精神价值，才是文化传统。文化传统需要经过学者的研究提炼，将具有传承意义的传统文化提炼成文化传统。杭州在对丛书作者写作作了种种古为今用、古今观照的探讨交流的同时，还专门增加了"思想文化系列"，从杭州古代的商业理念、中医思想、教育观念、科技精神等方面，集中挖掘提炼产生于杭州古城历史中灵魂性的文化精粹。这样的安排，是对传统文化内容把握和传播方式的理性思考。

继承传统文化，有一个继承什么和怎样继承的问题。传统文化是百年乃至千年以前的历史遗存，这些遗存的价值，有的已经被现代社会抛弃，也有的需要在新的历史条件下适当转化，唯有把传统文化中这些永恒的基本价值继承下来，才能构成当代社会的文化基石和精神营养。这套丛书定位在"优秀传统文化"上，显然是注意到了这个问题的重要性。在尊重作者写作风格、梳理和讲好"杭州故事"的同时，通过系列专家组、文艺评论组、综合评审组和编辑部、编委会多层面研读，和作者虚心交流，努力去粗取精，古为今用，这种对文化建设工作的敬畏和温情，值得推崇。

人民群众才是传统文化的真正主人。百年以来，中华传统文化受到过几次大的冲击。弘扬优秀传统文化，需要文化人士投身其中，但唯有让大众乐于接受传统文化，文化人士的所有努力才有最终价值。有人说我爱讲"段子"，其实我是在讲故事，希望用生动的语言争取听众。今天我们更重要的使命，是把历史文化前世今生的故事讲给大家听，告诉人们古代文化与现实生活的关系。这套丛书为了达到"轻阅读、易传播"的效果，一改以文史专家为主作为写作团队的习惯做法，邀请省内外作家担任主创团队，组织文史专家、文艺评论家协助把关建言，用历史故事带出传统文化，以细腻的对话和情节蕴含文化传统，辅以音视频等其他传播方式，不失为让传统文化走进千家万户的有益尝试。

中华文化是建立于不同区域文化特质基础之上的。作为中国的文化古都，杭州文化传统中有很多中华文化的典型特征，例如，中国人的自然观主张"天人合一"，相信"人与天地万物为一体"。在古代杭州老百姓的认知里，由于生活在自然天成的山水美景中，由于风调雨顺带来了富庶江南，勤于劳作又使杭州人得以"有闲"，人们较早对自然生态有了独特的敬畏和珍爱的态度。他们爱惜自然之力，善于农作物轮作，注意让生产资料休养生息；珍惜生态之力，精于探索自然天成的生活方式，在烹饪、茶饮、中医、养生等方面做到了天人相通；怜惜劳作之力，长于边劳动，边休闲娱乐和进行民俗、艺术创作，做到生产和生活的和谐统一。如果说"天人合一"是古代思想家们的哲学信仰，那么"亲近山水，讲求品赏"，应该是古代杭州人的生动实践，并成为影响后世的生活理念。

再如，中华文化的另一个特点是不远征、不排外，这体现了它的包容性。儒学对佛学的包容态度也说明了这一点，对来自远方的思想能够宽容接纳。在我们国家的东西南北甚至是偏远地区，老百姓的好客和包容也司空见惯，对异风异俗有一种欣赏的态度。杭州自古以来气候温润、山水秀美的自然条件，以及交通便利、商贾云集的经济优势，使其成为一个人口流动频繁的城市。历史上经历的"永嘉之乱，衣冠南渡"，"安史之乱，流民南移"，特别是"靖康之变，宋廷南迁"，这三次北方人口大迁移，使杭州人对外来文化的包容度较高。自古以来，吴越文化、南宋文化和北方移民文化的浸润，特别是唐宋以后各地商人、各大商帮在杭州的聚集和活动，给杭州商业文化的发展提供了丰富营养，使杭州人既留恋杭州的好山好水，又能用一种相对超脱的眼光，关注和包容家乡之外的社会万象。这种古都文化，也代表了中华文化的包容性特征。

城市文化保护与城市对外开放并不矛盾，反而相辅相成。古今中外的城市，凡是能够吸引人们关注的，都得益于与其他文化的碰撞和交流。现代城市要在对外交往的发展中，进行长期和持久的文化再造，并在再造中创造新的文化。杭州这套丛书，在尽数杭州各色传统文化经典时，有心安排了"古代杭州与国内城市的交往""古代杭州和国外城市的交往"两个选题，一个自古开放的城市形象，就在其中。

"杭州优秀传统文化丛书"在传统和现代的结合上，想了很多办法，做了很多努力，他们知道传统文化丛书要得到广大读者接受，不是件简单的事。我们已经走在现代化的路上，传统和现代的融合，不容易做好，需要扎扎实实地做，也需要非凡的创造力。因为，文化是城市功能的最高价值，也是城市功能的最终价值。从"功能城市"走向"文化城市"，就是这种质的飞跃的核心理念与终极目标。

2020 年 9 月

（单霁翔，中国文物学会会长）

湖山神廟

跨虹橋

玉帶橋

東浦橋

三潭印月

西湖十景图卷（局部）

目　录

第七章

谜也能作为街头表演节目

第八章

元代沉寂的灯谜还有星星之火

第九章

风靡朝野的明代灯谜

第十三章

清代杭州谜人

第一章 谜语：

1. 小者熟则大者必生，大者熟则小者必焦；使大小均熟，始为尽美。——打一食物

2. 大无工十空。——打一字

第一章

花灯从东京
到临安的漫漫路

举国欢庆的法定节假日，
是否还能继续？

宋开宝年间（968—976），宋太祖赵匡胤拍板，上元节放假三天，举国欢庆。在此期间，全国张灯结彩，百姓争相出游。然而，元宵张灯的习俗并不是从北宋开始的。

早在东汉明帝时，灯"破除黑暗"的寓意就已出现，元夕张灯渐渐成为约定俗成的过节项目。南北朝时，张灯活动已经蔚然成风。隋朝时，元夕张灯更为盛行，就连隋炀帝杨广都曾作《五月十五日于通衢建灯夜升南楼》诗："法轮天上转，梵声天上来。灯树千光照，花焰七枝开。"

唐代的元夕灯会与宋代相比也毫不逊色，李商隐曾经用"月色灯光满帝都，香车宝辇隘通衢"（《正月十五夜闻京有灯恨不得观》）来形容当时万众观灯的盛况。一直发展到宋代，经济繁荣，百姓安居，元夕观灯这类欢庆活动更为兴盛。

宋政和三年（1113）正月十五，东京汴梁城（今河南开封）里还有点冷，但是人人喜气洋洋，处处华灯张结，大街小巷摩肩接踵，火树银花映红了东京城的夜空。

百姓纷纷聚集到宣德门楼下观灯，宋徽宗赵佶也登上宣德门楼与民同乐。

赵佶面带微笑，坐在四处皆垂黄缘的暖帐内，看着他下方的黎民百姓都沉浸在上元节的喜乐中。此刻，他觉得世界上再也没有比东京更伟大的城市了——东京工商业发达，因为取消了前朝累世的宵禁制度，市民的夜生活爆发性丰富，拥有当时在世界上数一数二的中央商务区。

人们从年前的冬至开始，就在宣德门楼前搭建灯山为来年过节观灯做准备，颇为用心。毕竟，这也是一项"国家级投资建设工程"。

上元节观灯是官方提倡的文化活动。上元时分，是"三官"（"上元赐福天官紫微大帝""中元赦罪地官清虚大帝""下元解厄水官洞阴大帝"的合称）来人间的日子，所以从正月十四到十六的晚上，需要燃放三晚灯烛来表示对"三官"的尊重，以此达到祈福的目的。

东京城花灯遍布，繁华明亮，杭州当时作为"东南第一州"，同样张灯结彩。

赵佶曾读到苏东坡所写的《蝶恋花·密州上元》，其中"灯火钱塘三五夜。明月如霜，照见人如画"令他心潮澎湃，还将这两句抄进私藏笔记中。

苏词中所述杭州上元节灯火幢幢，而密州上元节却是"寂寞山城""火冷灯稀"。当年密州蝗灾遍布、民不聊生的痛景，都没有苏公迁谪密州后慨叹的一句杭城花灯摇曳深入帝王心。

赵佶天生好风月，乐升平，爱看宣德门楼前的山楼灯影。

每年上元节，大内的花灯都会费心布置，不仅会在宣德门楼前会搭建鳌山，就连沿城的大门小道、边门、起防御瞭望作用的角楼和城墙内外都遍布彩灯。上元这天从入夜起，就城门大开，直到天明，让百姓纵情观灯。

在宣德门楼的花灯大会中，有表演节目的露台一所，栅栏周围绑满了彩带，栅栏两边都是禁卫，他们穿着锦袍，头上戴着御赐的簪花，手里拿着兵器，依次排列在露台左右两边。露台上有皇家乐队演奏着好听的曲子，世家贵族和平头百姓们蜂拥在露台下观看，不时还发出欢呼声。

除了皇家组织的表演，东京街上的艺人们在上元节期间，也是忙得不可开交，他们常常是名声与金钱两手都赚。而"京漂"小商贩们，也纷纷抓住这个机会推销自己的产品："快来看一看，瞧一瞧咯，新捏出的泥人……"

夜市竞争激烈，小本买卖比不上大名鼎鼎的樊楼，如果卖不出花样来，在这寸金尺土的商业区根本立不住脚。于是，那些不管是卖小吃的还是卖小玩意的商家们，纷纷使出浑身解数来吸引百姓的眼球。

人生在世，在这些市井百姓看来，也不过就是"衣食住行"四个字。

衣排首位，可见门面是多么重要！上元节前，绸缎庄子的生意独领风骚，首饰的买卖也很火爆。今年那些时髦的花色还有钗环款式，早就被满京城的贵妇争抢一空了，销量之大，堪称那个时代当之无愧的"网红产品"。

看着眼前这繁荣太平的景象，赵佶突然想到：之前马植说过，原本咱们眼中的劲敌辽国，其实只是个外强中干不禁打的"破药罐子"。要是向辽宣战，我们岂不是必定成为赢家？

此刻的他沉醉在一片花灯的节日喜庆气氛中，开始做起了美梦：灭掉辽国之后，他的盛世，便指日可待了。

说出来别不信，当时，赵佶这个历史上著名的败家皇帝，内经农民起义，外遭强敌虎视眈眈后，真的有过雄心壮志。刺激他"一反常态"的，是他在军事上倚重的一个宦官——童贯。

虽然童贯是宦官为武将，但他还是有点作战天分的。宋政和元年（1111），童贯初为西北监军，就在西北战

夜市卖灯人

事上让西夏栽了个跟头。这一战，让赵佶对童贯刮目相看。于是，他派童贯出使辽国。就是这一趟出使，童贯挖得马植这个厉害的"政治间谍"，带回了辽国的信息。

所以，宋政和三年（1113）的这个上元节，是赵佶的庆功宴，也是他一举灭辽、统一天下梦想的萌发时。只是，这位写得一手好字的书法家，猜中了联金灭辽这个开头，却猜不中结尾。

此时的宋朝虽然经济发达，单是一项城市"夜经济"便可挑大梁，但是出兵打仗的"国防硬件"却让人恨得牙痒——到了战场上都是任人拿捏的软柿子。所以在联金灭辽的这个过程中，赵佶亲手把宋廷的整个腐败和软弱都完整地暴露在了金国面前，让金主萌生了灭宋之心。

赵佶自己还浑然不知，沉浸在浮华温梦里。年年上元节，他仍旧在大内下诏张灯结彩，与民同乐。每次观灯，必召宰相、枢密、两省五品以上等官员共同参加皇家饮宴，大庆四海升平和赵氏万里江山的稳固。

只是这江山一代一代地传下来，到赵佶手里，已经摇摇欲坠了。

到了宋宣和七年（1125）正月十八日，赵佶再次登上宣德门楼。他站在城楼上俯视东京城十年如一日的上元花灯，十年如一日地接受万民敬仰和辅臣朝拜。影影绰绰间，他竟然又想起了十二年前看的那场灯会，和自己最初意气风发的模样。

这一次，金军大举南侵，宋朝局势严峻，他所钟爱的上元花灯节还能接着举办下去吗？

赏灯品酒，共享上元狂欢

太阳消失在地平线下，一年一度的上元狂欢正式拉开序幕。

东京御街之上，一盏盏形态各异的花灯被逐一点亮。万盏光芒汇聚在一起，形成一座巨大的灯山，叫"鳌山"，照得整个东京城恍若白昼。各个著名民间艺术团体也纷纷亮相，在城楼下载歌载舞，引得行人驻足围观。

赵佶携嫔妃登上宣德门楼，同众人共赏花灯。这是宋皇室老祖宗定下的规矩：上元佳节，应与民同乐。

那城楼下艺人的表演极亮眼，赵佶也忍不住叫好。随着宣德门楼上赵佶的一声清亮的"赏"，不可计数的金钱、银钱从城楼上掉落，这场狂欢也被推向了高潮。行人、商贩、艺人竞相上前抢钱，抢到抢不到另说，要紧的是沾点皇家的福气。

夜很快深至三更，鳌山下却依然人山人海，丝毫没有平静的迹象。欢快的音乐声中，台下的人群突然安静下来，片刻后又咕噜噜地闹腾起来。

原来是有"瓜"从天而降：一位身穿制服的禁卫小哥手上正拿住一个头上戴着盈盈小花灯的妇人，这妇人的脚边还有一个小巧别致的金盏。

人们止不住地议论：这人胆子可真大！连官家的东西都敢偷！

这事还要从官家赐御酒说起。

每年正月十五的晚上，大内宣德门楼下都会有御酒赐给百姓。朝廷规定：百姓只要来御街观灯，就赐御酒一杯。这酒，谁都吃得，但无论富贵贫贱、老少尊卑，每人都只能吃一杯。

禁卫厉声呵斥妇人："这个金盏是宝贝，官家的东西！你竟然也敢偷盗，好大的胆子！"

这妇人脸唰地白了，吓得手抖，金盏就从怀中滑落出来。人赃并获，有人将这事报给了赵佶。赵佶已喝得半醉，觉得这事有点儿意思，就丢了一个问题过去。

那偷藏酒盏的妇人满脸惊恐地被侍卫架着走，眼瞧着就要被擒到端门了。渐行渐远的灯光，让这条路越走越黑。

偷盗皇家物品是大罪，怪自己不该妄动贪念，惹上这事儿，够喝一壶了。

她一想到此番恐怕要人头落地，瞬间全身僵硬得迈不开步子，硬生生被官兵拖着走。

官兵拖累了，正要打骂。一方火光劈开夜色，方才

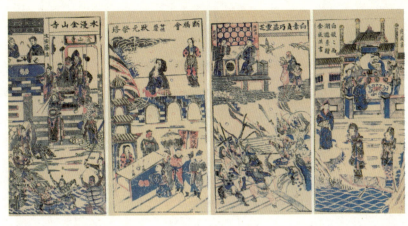

《白蛇传》灯面绘图

喝住她的那个禁卫拦住了捉拿她的人，原封不动地把赵佶的话带到了："为何偷盗金盏？"

那妇人一惊，脑筋还算活络，知道事有转机，就搜肠刮肚地筹划脱身之策。她想起刚才在灯山上看到的八个大字：宣和彩山，与民同乐。

于是按捺住情绪，斟酌着回禁卫的话："我和夫婿今夜一起来鳌山看灯，人群拥挤，我与他走散了。官家赐酒，这样天大的荣幸，我自然要喝一杯。"妇人边说，边注意禁卫的神色，"但喝了酒，面带酒容，又没有和夫婿一道回家，肯定会被公婆责备。于是想着借用官家的金酒杯，以此向公婆证明我的清白。"

接下来，妇人更是灵机一动，立马作了一首词——《鹧鸪天》：

月满蓬壶灿烂灯，与郎携手至端门。贪观鹤降笙箫举，不觉鸳鸯失却群。　　天渐晓，感皇恩。传宣赐酒饮杯巡。归家切恐公婆责，乞赐金杯作照凭。

她用这首词给自己辩白，说明偷藏金酒杯的原因。

赵佶听到禁卫派人传来这首词时，微微一笑。他慢吞吞站起身，俯首看灯河里的黎民百姓簇拥在气派的灯山前，又饮一杯，说："把那杯子给她。"这事就这么翻过去了，那妇人千恩万谢地走了。

在这一片祥和热闹的氛围里，这位天生爱做梦的帝王，莫名地想到北方强大到让自己忌惮的女真，它会不会是下一个辽国？

赵佶长在皇家，熟读"四书五经"，不是不清楚过河拆桥的道理。辽国沦落为不禁打的破药罐子，可他自己那支军队又能好到哪去？

弱国无外交，"合纵连横"的计谋以后，他又该如何面对未知的命运？

赵佶一介满腹诗书的文艺青年，可解不开这道奥数一样的难题。

他想：何不趁着这上元良宵，再痛饮一杯！

宋室南迁，
花灯跨越山河到临安

赵佶看完那场粉饰太平的上元灯会后，心中还恋恋不舍，只能安慰自己：今年的灯会虽说结束了，明年朕再好好地与民同乐也未尝不可。

宋宣和七年（1125）八月，不过半年的时间，金国的完颜晟就下令让完颜宗望集兵十万，南下攻打燕山城（今北京西南）。宋军节节败退，大好河山拱手相让。

紧接着，赵佶自愿退居"二线"，他将大宋一把手的位置传给了赵桓，自己去当那优哉游哉的太上皇了。赵桓改年号为靖康。

宋靖康元年（1126）初，完颜宗望的军队以迅雷不及掩耳之势包围了都城东京。这一年的上元节，整个东京城无一盏花灯，与去年天差地别。只有盈盈满月照出一片惨淡与荒凉，悄无声息。

家家紧闭门户，北方的风蛮横地席卷而来，稍有姿色的妇女在大白天都不敢随意上街走动，更别说在夜色中穿着绫罗绸缎，打扮得花枝招展了。

这城，恍若一座死城。

人们在夜里忆起去年的光景——彻夜不眠的东京、新颖奇特的灯盏、香醇醉人的御酒……令人止不住地在心头泛酸，不知这事究竟应当怎么办。

靖康二年（1127）春，金廷下诏将赵桓废为庶人，于初夏将他和他那倒霉的父皇一起掳到北方。

历史把南宋的大幕缓缓地拉开了。

南宋的第一位皇帝赵构（庙号高宗），是赵桓的弟弟。

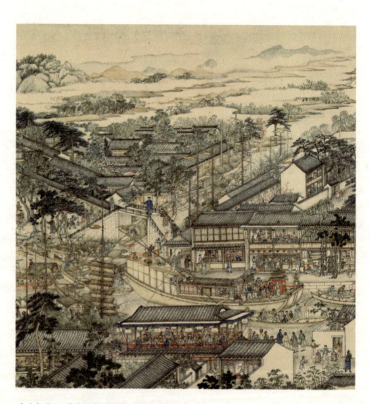

〔清〕徐扬《姑苏繁华图》里的花灯

赵构在金人席卷宋廷时，正在黄河以北集结勤王兵力，没有在东京，如此才逃过被掳的命运。

"靖康之变"之后，赵姓皇族被押解北去，金国将在宋廷当过宰相的张邦昌扶为傀儡皇帝，建立"伪楚"，让他维持当局，金兵便撤离了东京。

随赵构一同集结勤王兵力的人劝赵构登基，以兴复社稷，当时张邦昌篡位乱法度已成事实，如果他不自立，"恐有不立而立者"。

因为徽、钦二帝还在，赵构并不愿意登基，名不正言不顺，直至吏部尚书谢克家把"大宋受命之宝"的国玺双手举过头顶送至济州（今山东巨野），赵构才恸哭跪受，后在南京应天府（今河南商丘市南）即皇帝位，改元建炎。

金军眼看着宋朝重建，立马向宋发动了又一次总攻。这次进攻，金军只用一年多的时间就占领了一大片土地，其中包括东京、洛阳等重要城市。

在金军的疯狂进攻下，赵构不得不渡过长江，向南方逃亡，最终于绍兴八年（1138）正式定都临安（今浙江杭州）。于是，临安成了宋室新的"根据地"。

东京繁荣的花灯文化也一路辗转，跟随南下的亡国君民到了临安这片广袤的沃土，飞快地落地生根。

金人仍在北方虎视眈眈，但黎民百姓好不容易随着皇帝安定下来，还得好好庆贺一番。南迁的艺人们铆足劲，势必要用有限的材料做出最惊艳绝伦的花灯。

于是，那精巧的花灯又出现在大街小巷间，亮堂堂的，一串串连接起来，照亮了整个临安城。

花灯出现在临安城，并不意味着宋人耽于享乐，而是以敞亮的态度告诉金人：他们决不认输！同时也给南迁的宋室收复江山的信心。

随着战局的瞬息万变，临安城由宋室的"临时根据地"变成了"永久的战时基地"。

不久后，来自东京的花灯文化就在这里，同另一个全民喜爱的文娱活动——猜谜游戏发生强烈碰撞，随后产生了奇妙的"化学反应"。

本章谜底：

1. 炒栗

出处：（辽统和）二十八年，为右通进，（韩家奴）典南京栗园。重熙初，同知三司使事。……帝与语，才之，命为诗友。尝从容问曰："卿居外有异闻乎？"韩家奴对曰："臣惟知炒栗：小者熟，则大者必生；大者熟，则小者必焦。使大小均熟，始为尽美。不知其他。"盖尝掌栗园，故托栗以讽谏。帝大笑。（〔元〕脱脱等：《辽史》卷一百三《萧韩家奴》）

2. 宋

出处：郑所南扁其室曰"本穴世界"，以"本"字之"十"置下文，则"大宋"也。尝著《大无工十空经》一卷，"空"字去"工"，而加"十"，"宋"字也，寓为《大宋经》。（〔清〕桑灵直《字触补》卷一）

参考文献：

〔元〕脱脱等：《宋史》，中华书局，1985年。

〔宋〕孟元老：《东京梦华录》，中国书店出版社，2019年。

《宣和遗事》前集，《古本小说集成》本，上海古籍出版社，1994年。

〔宋〕司马光：《资治通鉴》，中华书局，2011年整理本。

第二章 谜语：

1. 客从东方，讴歌且行。不从门入，逾我垣墙。游戏中庭，上入殿堂。击之拍拍，死者攘攘。格斗而死，主人被创。——打一事物

2. 脚踏千江水，手扬满天沙，惊起林中鸟，折断园里花。——打一事物

花灯和猜谜的

第一次结缘

隐语的进化：
从主打政治讽谏到娱乐大众

西湖的雪，越下越大了。

雪片簌簌而下，沉沉地压到伞上。苏东坡（字子瞻）在雪里疾行，低头往龙井过溪亭赶。

刚把伞一收，连衣服上的雪花都还没来得及拍落，他就急切地对站在亭角的袁公济①说："公济，今日有何佳谜，快快说来！快快说来！"

① 袁公济：名
毂，曾任杭州通
判。

〔元〕唐棣
《西湖暮雪》

这边的袁公济正仰着头悠然看雪，听见苏东坡开门见山，直奔主题而来，弯指在半空虚点了两下，笑着调侃："你啊！"

苏东坡和袁公济两人为何会在大雪天齐聚过溪亭？这一切还要从苏东坡口中那句"佳谜"说起。

佳谜者，好谜语也。

猜谜语是大才子苏东坡欲罢不能的一个脑力游戏。

谜语，古称隐语，早在公元前就开始了不断"进化"。夏朝时出现的一种用暗示来描述某种事物的歌谣，那就是谜语的雏形。到了春秋战国时期，这歌谣逐渐演变成隐语。

当时由于列国纷争，有不少周游列国的人，因为担心直言直语被当朝者揪住小辫子，所以在朝堂进谏的时候，往往都用隐语这种迂回战术道出己见。

春秋时，楚庄王在位三年，在国家大事上毫无建树，没有颁布一项政令，无欲无为。

有一天，楚庄王正在饮酒作乐，当时的右司马御座（掌管军政和军赋等与战争相关事务的官职）在旁，突然问："主公，有人考了微臣一个隐语，微臣想了好几天还是没有想出答案，不知您可否为微臣解惑？"

楚庄王心想：什么隐语这么难？

"那你就说来听听。"

右司马御座缓缓道来："有一种小鸟，据说它可以三年都不展翅，也不发出声音。微臣翻遍群书，就是没有找到这种鸟。主公，您知道是什么鸟吗？"

楚庄王知道右司马是在暗示自己，笑着答："我知道了，这不是一只普通的鸟。这只鸟，三年不飞，一飞冲天；三年不鸣，一鸣惊人！"

楚庄王此后在右司马的提醒下反思自己，在半年内就完成了废除十项不利于楚国发展的刑法等大事。经过一番改革，楚国不再是以前"无为而治"的状态，楚庄王也一跃成为春秋霸主。

隐语在臣子想让君王得到启发的同时，还保障了自己的人身安全。

灯谜的起源最早可追溯到原始状态的歌谣式隐语，如先秦《弹歌》："断竹、续竹，飞土、逐肉。"其中"断竹""续竹"概括了"弹"的制作过程，即削断一根竹子，再用它制作弹弓；"飞土、逐肉"则指猎手们将泥制的弹丸用弹弓射出，再追逐受伤猎物的过程。

到了秦汉时期，已经有人对隐语进行书面创作，如《太平广记》中记载的西汉东方朔的"蚊"谜："长喙细身，昼匿夜行，嗜肉恶烟，常所拍扪。"

隐语发展到群雄逐鹿的三国时代时，各国交锋，前途难卜，正如隐语般扑朔难测。这个时候，有人开始把隐语写在纸上贴出来让人竞猜。

当时文武双全的魏王曹操，就是一个制谜高手。

有一年，曹操要修建相国府门，主簿杨修承包了这次工程，为曹操处理一切事宜。刚开始搭构屋架时，曹操便亲自出来视察，颇不中意。于是，他命人在门上大题一个"活"字，一言不发便离开了。

外出的杨修回来一见此字，脸色立变，即刻让人把相国府的门拆了重修。当时带领建筑队的"包工头"憨厚老实，还以为"老领导"让人在门上题字是夸奖，巴巴地盼着杨主簿给赏赐呢，哪知他回来就要拆门，十分诧异。

杨修摊开手，在掌心边画边对他说："门字里加'活'，就是'阔'字。曹公是通过隐语来告诉我们，他嫌这个门太大了。你说这个门拆是不拆？"

经过杨修这么一解释，"包工头"才恍然大悟，直道佩服："还是你们这些读书人有文化。"

南北朝的刘勰，这位首次将中国古典文艺理论系统成编的大家也在《文心雕龙·谐隐》写过：古代的隐语，可以一种幽默的方式来对君王进行讽谏，以达到挽救国家危机、解除百姓困难的作用。

此时，这种富含深意的猜谜形式在民间大众中还很少见，常常是由文人传播。所以，这种被书面固定下来的谜语更多地流行于文人名士之间。

北宋时期，经济繁荣，市井文化逐渐兴起，人们更注重自己的生活品质，各大城市勾栏瓦舍等商业游乐区、周边客栈戏台等"基础设施"也已经基本建设完备。

于是，市民们喜闻乐见的娱乐行业也开始蓬勃发展。

这时的谜语盛况空前，深入民心，坊间寻常百姓参与猜谜这项趣味活动的热情高涨。而且因为谜语的形式较为精练，大街小巷，茶余饭后，只要人们想要来一点娱乐活动，猜谜随时都可以开始。

你看，这不就有两个好友，饭后散步，走在路上都在打着谜语吗？

"'解落三秋叶，能开二月花。过江千尺浪，入竹万竿斜。'打一自然之物。"

刚说罢，身旁的好友就急急地说出答案："这题我见过，是风！"

"再来……"一路上好不欢快。

脑力活动里的王者段位，
猜谜让苏东坡"上瘾"

　　民间谜语之风盛行，在庙堂里的文人大夫中，更不缺"谜语中毒"的佼佼者。

　　在灯谜正式出现以前，北宋的谜事活动已经相当繁荣。文人仕官与民间艺人纷纷参与其中，使当时的谜坛既有口头表达为主的歌谣似的事物谜，又有蕴含深意以诗、词、文为主的文义谜，形成了谜语与灯谜的不同创

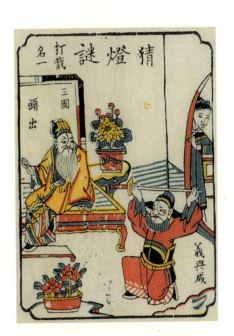

《猜灯谜》
灯面绘图

作风格。

杭州知州苏东坡，就是一位顶尖的谜语高手。

苏东坡的同科好友袁公济，同样是谜语高手，两人常常切磋较量，但袁公济负多胜少，心中一直不服气。

这一年，两人同时在杭州做官。

正月，连降瑞雪。

这天，袁公济正在屋里读唐诗，望着窗外的鹅毛大雪，他突然想到了一条绝妙的"雪径人踪灭"的谜面。他心想：这次还不难倒子瞻！想到这里，袁公济就忍不住笑出来。

笑过之后，他又觉得要是让苏东坡直接来猜这个谜，题目范围多少有点茫无边际。这样就算最终难倒了他，自己也只不过是侥幸取胜罢了。

袁公济起身，撩起帘子探头一看，一口白气呼出，应着天地间白茫茫一片，广袤而萧瑟。他灵机一动，立即修书一封，派出仆役，请苏东坡踏雪赏景。信中特别提到："我有一佳谜，恭候子瞻来破解。"

大约过了一个时辰，袁公济和苏东坡在亭中会面，也就发生了本章开头苏东坡开门见山直问"有何佳谜"的一幕。

袁公济肚子里的谜语揣着热乎，倒也不急倒出来难苏东坡，遂卖关子道："今日大雪，玉树银花，我们先踏踏雪赏赏景，岂不更好？"

"公济所言极是！"苏东坡飞快打断，"今天如此美景，有佳谜岂不是美上加美？快别再遮掩了！"

袁公济见状，瞥了苏东坡一眼，从小路向龙井走去，不禁放慢了语调："子瞻听好，我的这条谜语只五个字'雪径人踪灭'，请说出与之符合的七言唐诗半句。"

"七言唐诗半句？"苏东坡一听谜面，不禁讶异，暗想：平时相互出谜，大多都是即兴而作，为什么单单今日，袁公济特邀自己来西湖赏雪猜谜？想来此谜应该有佳、难两层需要注意的地方，不然就是此谜与雪景有关，不可掉以轻心，"那么是几个字呢？三个字，还是四个字？"

袁公济本就有心要难一难苏东坡，便笑眯眯和他打太极："不能多言，子瞻，不能多言！"

苏东坡机智，一看袁公济的表情，再细想谜面：这谜面是柳宗元的一句诗（只改了一个字），又要打半句唐诗，设计巧妙，尽管自己熟读唐诗，但对半句却还是无从下手。

袁公济见苏东坡皱了眉头，微笑说："还有半里路就要到龙井寺了，到时还请子瞻将你的答案说与我听。"

苏东坡入了神，漫应了一下，低头细想谜语。

这时大雪还未停，人踪稀绝，两人一前一后，撑伞鱼贯而行，踩得积雪嘎吱作响。走着走着，突然惊起了路旁的树林中的一群麻雀，直直往前飞行。不一会，这些麻雀就变成一条线，远远望过去，好似挂在天际。

苏东坡看见眼前的景象，茅塞顿开，脑中突然就跳出了杜甫的一首七绝。他心想：如果只看其中一句的上半句不就是公济要的答案吗？不禁感叹："果然是一个极妙的谜底！"

不过才思敏捷的苏东坡并未满足于解开此谜，略一思忖，反过来利用这句诗的后半句，即兴构成了另一个谜面。他指着空中惊慌远去的麻雀，对袁公济说："公济，你看这是何意啊？"

袁公济不知他心里的算盘，不以为意地反问："不就是一群麻雀飞上天空吗？"

"对，就是一群麻雀飞上天空。"苏东坡笑容未淡，紧接着说道，"我也有一谜，请公济指教。"

苏轼像

　　袁公济哈哈一笑，以为是苏东坡解不出谜语，要转移话题，连忙说："指教不敢当，是何佳谜，赐教就是。"

　　苏东坡看了朋友一眼，从容自如地往前走了两步，慢声道："我的谜面是'雀飞入高空'，也请公济来猜一猜是哪位贤人的七言唐诗半句。"

　　袁公济一愣，没反应过来："这……"

　　他没想到自己以谜难苏，却反为苏所难，低头苦苦思忖，未果，连雪花拂面都没有注意。

　　苏东坡看见袁公济这个样子，知道他是一时想不出来了。于是苏轼停下脚步，拾起路边的一根枯树枝，在雪地上写下了"一行白鹭上青天"。随后，他将此句齐腰一划，上半句变成了"一行白路"，剩下的下半句成了"鸟上青天"。

　　苏轼刚写好："公济，请低头看看。"袁公济看后直拍手赞道："原来如此。子瞻你不愧是天下第一奇才，这脑袋瓜子就是不一样。佩服，佩服！"

　　苏东坡笑答："不敢不敢，我更佩服公济，一条谜语，差点难了我半里路。"

　　袁公济闻言，笑声更加爽朗，在西湖绝美的雪景之间回荡不止。

　　那么，这两位文人打哑谜似的一唱一和到底是怎么回事呢？

　　原来，袁公济由雪而发的谜面"雪径人踪灭"的答案恰恰就是苏轼在地上齐腰一划的上半句"一行白路"。而苏东坡又沿用"一行白鹭上青天"的下半部分作为谜底，借由看见的景色作出"雀飞入高空"的谜面。

两个谜面一上一下，两个谜底也是一上一下，交相呼应，令人赞叹。

苏东坡和袁公济猜谜的趣事一时传为美谈。而苏轼坐镇的杭州作为北宋时南方的大城市，坊间的猜谜活动一直很兴盛。并且，随着宋室南迁，更名为临安的杭州城全面继承了北宋的文化，休闲享乐的民间活动一下子变得更加丰富。

南宋政府用了几年时间修缮宫殿，用缴纳"和平税"的方式，与北方的金国签订了"和平条约"，偏居一隅，苟且一方。稳住了大体的局面之后，南宋政府全面恢复了"沉浸式享乐"。上至官家，下至平民，注重消费的生活方式成功拉动了经济的增长。

特别是上元节这样的全民大节日，经济的增长最为显著。于是，花灯文化乘着经济的东风，深入到江南地区的每一条街巷。与此同时，从北宋开始，猜谜、制谜的人也从来不曾断绝，谜语也因此受到大众的喜爱。到了南宋，花灯文化与文人百姓的猜谜热相互融合。灯谜，灯谜，有灯，也有谜。当灯、谜俱备，在临安这片土地上，就只欠一场点亮灯谜旺火的东风了。

文人笔墨一线牵，
灯、谜结缘的一场东风

"各位看官请留步，有新扎出来的灯盏咯！再慢一步就没啦！"

宋景定二年（1261）上元节，临安不夜，时任浙西帅司幕官的周密行走在御楼正门前涌动的人潮中。他没有乘坐轿辇，而是漫步于这座他呱呱落地时睁眼看见的第一座城市。

从去年腊月开始，寿安坊到众安桥一带就被划作了灯市，出售各色花灯，天街（大致在今中山路）茶肆的小贩叫卖声此起彼伏。周密一边漫步一边抬头欣赏着街道两边楼上高高挂起的花灯，眼神里涌出一阵暖意。

周密从小长在浙江，他的祖父随宋室南渡来到江南，起先一家子流寓在吴兴（今湖州），后来才搬到临安。临安上元节十年如一日的热闹灯景，令每一个生长在这座城市的人都为之迷醉，周密亦然。

和北宋一样，南宋也有官方组织的灯节，还有"超长版"七天法定节假日。因为假期余额充足，周密暂时放下繁杂的工作，缓行在精妙绝伦的灯盏之间，欣赏新出的花灯样式。

城中的大小茶坊都用各式各样的花灯装饰了一番；街市上充盈着小贩的叫卖声——"来买纸灯喽，来买纸灯喽"；从清河坊到众安桥这段路程，人像花灯、动物像花灯……应有尽有，一路灯火盈市。但哪里也比不过三桥处客邸的花灯，那里每日车水马龙，花灯最为粲然好看。

周密且看且行，突然被一盏新鲜剔透的花灯勾去视线。

那是一盏无骨灯，手巧的匠人用薄绢布缝成囊，装入粟米做成胎，再在琉璃热浆中滚一下，倒掉粟米，就成了一个琉璃球。再一看，这绢布上有精美的刺绣，烛

萤灯

光从刺绣的镂空眼里透出来，灯盏好似剔透的琉璃，奇巧无比。

周密多年后亲笔写下的临安上元画卷，如果能三百六十度全景呈现，你也会和他一样叹为观止，只想把目光粘在灯上。

除了无骨灯，旁边还有鱼脑骨架制成的灯、珠子串成的灯、羊皮做的灯……盏盏新鲜，令人目不暇接。灯盏有的用玳瑁装饰；有的用珠子串成，下面还垂挂着流苏；有的灯身上写注各种各样的故事文字。

周密逐一细品，在心里赞叹：恐怕只有神仙才能有这样的手艺！

他正在心底勾描花灯纤细的流光倩影，转头瞥见前面桥上本来流动的人群逐渐停滞下来，聚集在一盏平平无奇的花灯前。

周密疑惑地走近一看，原来那花灯上贴着一张纸，纸上书有两行字。在那个年代，对于底层百姓来说，读书识字都是奢侈的事，大多数人都只能连蒙带猜。

"……圆……方，"伸长脖子看谜的人一顿，疑惑说，"什么什么短，什么什么长？"

这人话音方落，就有另一个人流畅地问："将它画出来看上去是圆的，但写出来却又是方的，天气冷的时候它又变短，天气热的时候它又会变长？"

旁边路过一个肚子里有点墨水的人，他定睛一看，呵了一声："还真是！"

"打一字？"围观的人咂摸出了趣味，左右交头接耳。这可不就是坊间人人都听过的谜语嘛，勾栏瓦舍里的谜人把嘴皮子都说烂了。字谜书于纸，贴映于烛，这灯光作彩饰，疏明可爱，倒还新鲜。

有好新鲜事者，不满足于一盏灯，往旁边看了看，喊了一声："这里还有！"

方才认出谜面的那人走过去一看，读出来："东海有一鱼，无头亦无尾。除去脊梁骨，便是这个谜。"

妙啊！同一个谜目！众人纷纷慨叹，兴致越来越高，问身边人：考考你，知不知道这个谜是什么？

"这我还能不知道，鱼掐头去尾，除去脊梁骨，不就是天上的太阳吗？"

"什么太阳！那是一个'日'字！"

"那还不是天上的太阳！"

于是两人一来一往，就灯盏上的谜语聊起闲话来。

越来越多的人都赶过来看热闹。人们停步于灯前，饶有兴致地观赏，意趣盎然。从去年孟冬（农历十月）开始就一刻不停地在贵族豪邸奔走糊口的卖艺队伍，都禁不住停下脚步来张望；那原本在大人肩膀上稳稳坐着的孩子们也跳下地来，费力地挤进人群，抬头望着花灯上的字，他们虽还不识字，但也觉得好玩。

周密深觉有趣，往前走去，又看见许多花灯上除了贴着藏头隐语，还有诗句。不知是哪位有雅兴的文人写谜于纸上，逗乐行人来了。

他心想：这种形式当真有趣得紧！以往上元节赏灯，大家只图看个新样式，时间一长，也就没意思了。在这灯上贴谜，引人注目倒是不说，似乎所有人都能参与进来。这极好！极好！

人群不断涌动，都挤在一盏盏贴有新鲜谜语的花灯前，你来我往地耳语，甚至想要自己胡乱涂一张谜语挂在灯上。

人人都想：我猜不出来，还不会写吗？

于是有好事者向就近的店铺老板借来纸笔，看模样，是个还在备战科考的读书人："我有一谜！"

环顾左右，因没有桌椅，他便将纸铺于墙壁之上，飞快写了两行小字，一扬手，用食指将谜语虚贴在花灯上。

有人正在辨字，突然风起，那学生的手指一滑，写着谜语的纸被风卷到了半空，翩飞了两圈，落到桥下去了。

纸片飞扬，有人开玩笑说："读书人是不是存心不想让人猜出他的谜语，于是故意趁风松手，将谜语放走了？"

读书人脑筋一转，拱手笑答："晚生确是故意，实在是怕这谜语太难，诸位猜射不出，所以放手任纸片落河而去。"

众人拍手称趣，左右传开这件事，把那贴在灯上的谜语称作"灯谜"。

因为文献缺失，谁是第一个把谜语贴在灯上的雅士，已经不可考据。但是不可否认，观灯时辅以猜谜这种人民群众喜闻乐见的创新型娱乐活动，确实在一夜之间红遍临安城，迅速成为文人沙龙聚会的新宠。

由此，十五赏灯猜谜的习俗在这一时期得到了确立。临安城辉煌的灯火和雅趣的谜语在周密脑子里留下了深刻的印象。多年后，他写作著名的《武林旧事》时，每一个字落到纸上，那往昔赏灯猜谜的繁华景象仍然历历在目，书中写道："又有以绢灯剪写诗词，时寓讥笑，及画人物，藏头隐语，及旧京诨语，戏弄行人。"（〔宋〕周密《武林旧事》卷二《灯品》）

明代戏曲作家李开先也是个灯谜的爱好者，他曾写道：自宋元以来，大大小小的城市、乡镇都会在元宵节这一天张灯结彩，共庆节日的到来。到那个时候，灯火映衬得各个地方变为不夜之城。而其中有个热闹的节目就是将谜语写在纸上，让大家传播，竞相猜谜。在这场活动中，答对的人可以凭借纸片前来喝酒，即使是在一些穷乡僻壤也会如此。

与周密不同，李开先笔下的灯谜盛会发生了形式上的变化，但其核心没有改变，都是上元节赏灯猜谜。除首都临安以外，穷乡僻巷也纷纷张灯结彩，盛猜谜语。猜中灯谜就有彩头作为酬劳，往往是一个精巧的小玩意，例如耳环、发簪等等。

灯谜晋升为"流量新贵"后，在十字路口边，城门底下，陈坊百戏旁搭的花灯上，都能看到它的身影。因为识字有门槛，所以上元佳节，不论公子王孙，还是五陵年少，所到之处，都有"追星少女"们的簇拥。

《虎牢关》灯面绘图

官方规定上元节前后共张灯五夜，男女老少彻夜庆祝，往往到天明才散。

全城大街小巷的灯烛明晃晃地燃一个晚上，并不是像史书里一笔带过那样容易。

北宋时期，国家的生产力还没有上去。虽然看花灯是热门活动，但是只有东京、临安等一线城市才能彻夜点灯，油费比较贵，二、三线小城镇还没有经济实力大肆燃灯。所谓经济基础对人民群众的文化活动有决定作用，有些地方官不顾自己辖区的实际情况，为了"干政绩，争面子"，打肿脸充胖子，百姓苦不堪重负，往往深受其苦。

蔡君谟在福州做太守时，为了自己的利益，强制百姓门前必须点上七盏灯，以此表明自己"坐镇"的地方经济很好。但当时福州的百姓饱受水灾的侵害，几乎断炊，糊口尚且费力，根本没有钱财张灯庆贺。

一个叫陈烈的人看到布告，索性糊了一个长一丈有余的大灯，高高挂在屋檐下，上面用大字清晰地写着："富家一盏灯，太仓一粒粟。贫家一盏灯，父子相对哭。

风流太守知不知，犹恨笙歌无妙曲。"

字字椎心泣血，写到了普通百姓的心坎上。蔡君谟赶紧撤回了每家必须点灯七盏的命令。

而到了南宋，上元观灯习俗更加盛况空前，史书里却没有太多蔡君谟那样的"负面新闻"，是因为经济又得到进一步发展，各种灯油也变得便宜起来。庆元年间（1195—1200），每斤油钱也才不过一百文钱，寻常人家也负担得起了。

即使是在远离主街的小街小巷，酒店茶楼前也全都挂着灯。城内外共有人家百万户，前街后巷都是彩灯，就连偏僻的街巷都被照得亮如白昼，"红灯区"门前也挂着颇为别致的栀子灯。

正是因为南宋时花灯能从城市的小康之家飞入乡野的寻常门户，才有了"南宋时观灯独盛"的美景，也才让全民参与猜灯谜有了可能。

本章谜底：
1. 蚊
2. 风

参考文献：

〔宋〕周密：《齐东野语》，上海古籍出版社，2012 年。

〔南朝宋〕刘义庆：《世说新语》，上海古籍出版社，2012 年。

李焱：《灯谜趣事》，中国文史出版社，2015 年。

〔宋〕周密：《武林旧事》，王国平主编：《西湖文献集成》，杭州出版社，2004 年。

〔宋〕庞元英：《文昌杂录》，中华书局，1985 年。

〔宋〕西湖老人：《西湖老人繁胜录》，中国商业出版社，1982 年。

〔宋〕晁说之：《晁氏客语》，岳麓书社，2005 年。

徐清祥：《苏东坡雅事》，内蒙古出版社，2010 年。

第三章谜语：

1. 自东自西，自南自北，无思不服。——打一事物

2. 头尖身细白如银，称称没有半毫分；眼睛长到屁股上，光认衣裳不认人。——打一事物

第三章

灯谜开始逐步
深入民间

"百花齐放"，
事物谜与文义谜同在

马定斋的生意，越来越惨淡了。

马定斋本来是西市瓦舍里的职业谜人，从事谜语表演已有些年头。随着在临安城的名气渐大，他开始自己在外面单干，用当时的行话来说就是"打野"。每每上元节时，他都能趁着人们取乐的兴致赚些吃饭喝酒的钱。

但如今，因为一种时兴玩法的突然出现，让他的业务受到了很大冲击。

马定斋听说这种新玩法叫"灯谜"，是读书人从那些拗口的经书里摘取的谜语，悬于灯上，供坊间市民猜射。

杭人原本就好猜谜语，又因灯、谜结合，益智有趣，所以被广泛流传。即使是不认字的，也多爱围观凑点热闹，看谁能解出灯上的谜语来。

寻常百姓们找到了玩乐的新思路，节日的选择又增多了。

市民们纷纷被灯谜这种新鲜的玩法吸引，相应地，带来了上元节"文化产业"的重新洗牌，一些娱乐行业"个体户"受到了打击。

马定斋就是这些"个体户"中的一个。

受大内影响，临安市民格外注重精神层面的建设，并习惯于享乐的消费方式，即使外头打仗打得天翻地覆，内心也少有波动。所以马定斋的工作，算是旱涝保收的"铁饭碗"了。

愁就愁在自从灯谜兴起以后，大家就觉得纯猜谜有些枯燥，马定斋的客人也越来越少，这样一来，他的营业额呈直线下降趋势。平日里收摊以后，他总能去一家包子酒店楼下散坐半个时辰，点两盘小菜就着些小酒，以此犒劳犒劳自己。

但如今时移世易，市场不景气，他不能单靠猜谜赚取生活费了，生存空间被陡然压缩，荷包也羞涩起来。平时不知道存款，到了这个时候，马定斋才开始在心中盘算：临安的生活成本并不低，看来我要克制自己的消费欲才行。

于是在今天收摊后，马定斋没有去他喜欢的包子酒店。但当他刚要绕过包子酒店回家去时，却看见酒店招牌旁边有盏花灯，花灯上贴着字条，有食客吃完了饭，正饶有兴致地围着猜。

他忍不住在心底叹口气，正要走开，却被店家拉住。

店家唯恐他跑去别家消费了，一边拉一边说："老马，怎么？今天不进来喝一杯吗？"

马定斋心想：你把我拉住也没办法啊，我的生意日渐衰退，哪还有闲钱在你这里消费？所以他一个劲埋着头往前走，推辞道："不了，不了，最近生意难做啊。"

店家在这皇城根下讨生活，三教九流都领教过，自然是见人说人话，见鬼说鬼话。他知道马定斋是搞文艺工作的，拉着他到灯下就是一番吹捧："老马，这个可是临安城时下风头最盛的营销策略，能吸引好多客人！来，快进来坐坐，看看大家是怎么猜谜的。"

马定斋又连连摆手，他觉得自己成了"被时代抛弃的人"，跟不上这大街小巷都流行的"烧脑"玩法。平日里，依靠他惊人的记忆力，旁人还以为他肚子里有二两墨水咧。

拉扯之间，旁边看灯谜的食客认出了有些名头的马定斋："马老板，您快来猜猜这灯谜！"周围的人也跟着起哄，纷纷要他猜一猜灯上的谜语。

马定斋有自知之明，文人雅士的"拆文解字"可并不适合他，于是摆手。如果在大庭广众下逞能，丢了他师父的脸，那这事儿才够他喝一壶的。

食客继续询问缘由，马定斋只说不会。

店家听了这话，指着他说："好啊，老马，这个谜语可是你考过我的，现在你说不知道。"

马定斋一惊，愣住，心中不信。

店家看见他这个样子，语气稍微有点重，一字一顿地读出来："上不在天，下不在田。中心藏之，玄之又玄。

老马，这个你还不知道？”

这不是他烂熟于心的"蜘蛛"谜语吗？马定斋对着花灯上的字仔细看了两遍，结巴道："真……真是这个谜？"

店家看见马定斋的表现，终于知道了马定斋的顾虑，抱臂而笑："不是这个是什么？我们这个食肆来的都是些平头百姓，谁喜欢猜那些之乎者也的字谜？"

食客纷纷附和，马定斋回过神来，拍掌一笑。他心里豁然开朗：我还是有机会的！

原来马定斋不知道的事情多了——临安城挂满的灯谜里，有拆文解字的字谜，也有形象生动的事物谜。

不去了解而一味地拒绝新鲜事物，倒是他故步自封，坐井观天了。

现在，猜灯谜可不仅是那些文人雅士和知识分子的活动，而且是临安市民最时髦的活动。在新的娱乐方式里，马定斋还有他的一席之地。

击鼓猜灯谜，
新的营销思路有了

南宋时，灯谜初盛，文义谜和事物谜并存，正是因为市民阶层队伍扩大，南宋灯谜才有广泛的群众基础而得以飞快发展。

在临安城中心，像包子酒店那样的民办酒店还有很多，把灯谜挂在门口招徕生意是一种新的营销思路。例如在装修风格豪华的宅子酒店、郊外的花园酒店、菜谱保密的食品直营店、有阶梯价格的散酒店等等，所挂灯盏品类繁多，为迎合大众，所书谜语也都诙谐有趣。

连临安城大名鼎鼎的四大官方酒库也会在户部点检所（管理酒库的机构）的指示下，在上元节张灯结彩，辅以灯谜，伴以乐声。其主要目的是给新酒打广告，刺激市民增加节日消费。

灯谜正是伴随各种店铺的"营销活动"和官方助力逐渐深入民间的。

这年正月十五晚上，马定斋有了新的动作。

自打他明白那花灯上并非全是些"之乎者也"的话后，

就有了主意。马定斋想：横竖人们要出门赏灯猜谜，猜得累了，也是有的。这时，大人小孩顺道吃点或喝点东西，待歇够了脚，兴致又上来，继续猜谜也未尝不可能。

他喝得半醉，红光满面地坐在包子酒店前，因给店家做了一晚上的灯谜广告，现在是既疲惫又兴奋。

这波"广告"的具体操作流程如下：

店家让账房先生事先把谜语写在纸上，粘在花灯边缘，读给围观猜射的人听。这些谜语，是马定斋在此前的"卖艺生涯"中就已经掌握的。马定斋将自己的商谜表演迁移到猜灯谜的活动中，利用他先前积累的"粉丝"，也能吸引路边行人。

包子酒店的老板深知舍不得孩子套不着狼的经营策略，大手一挥，批准了一笔"公款"——采购一批纸笔果品当作彩头，猜对了灯谜，就可以得到奖励。

马定斋嘴皮子溜，正好可以做主持人，与行人保持互动，稳固流量。

流量越大，市场就越广。因此包子酒店虽然只卖些家常菜，但在过节期间却人气爆棚，一跃成为临安的"网红饭馆"。短短一周时间，包子酒店就拿下以往半个月的绩效。

马定斋摇身一变，成为中小民办酒店的"代言人"。除了包子酒店，隔壁马婆巷双羊店等酒店也砸重金想挖马定斋过去给宣传宣传。

但马定斋这人重情义，也聪明，怕鸡飞蛋打，担心重金没捞到还惹一身腥。于是他谢绝了双羊店的邀请，专心给包子酒店做"独家推广"。

马定斋和包子酒店实现了双赢。

第二年，马定斋和包子酒店想再次强强联合，没想上元节还差几天呢，已经有同行在为别家酒店做"灯谜广告"了。其中最舍得砸钱的，当属马婆巷双羊店，双羊店老板的彩头给得更加大方，一时间食客满堂，风头无两。

包子酒店的"营销工作"遭遇瓶颈，老板尝到了去年营业额超标的甜头，早已备好很多原材料，就等今天了。如果不在上元节消耗完，酒店就要血本无归。于是他勒令掌柜赶紧想对策挽回局面。

同是一根绳上的蚂蚱，马定斋也急得像热锅上的蚂蚁，怎么如今这世道越来越难混了？师父他老人家保证过的铁饭碗，要是自己不费点功夫，还端不稳了不成！

包子酒店是卖肉包子、灌浆馒头等这些薄利小吃起家的，不比马婆巷双羊店财大气粗，打"价格战"当然不妥。要是和双羊店比谁的彩头贵重，硬碰硬，这个上元节还没过呢，包子酒店就得垮了。

马定斋见掌柜这样的聪明人都愁得焦头烂额，觉得这事跟头栽大了，想爬起来不容易。

马定斋从包子酒店垂头丧气地回家，路上经过马婆巷双羊店，瞧见他的竞争对手正被众人吹捧，心里万般不是滋味。

马定斋看着路边挂着的一盏盏花灯，迷迷糊糊地往前走。突然听到一阵鼓声，心下生疑：怎么这么吵闹的街上，还能听见这么清晰的鼓声？

马定斋停步谛听，那鼓声却又没有了。摇了摇头，马定斋继续往前走，模模糊糊中又听到鼓声传来，这回是远远的，是来自记忆里那种他最初和师父学背商谜时的鼓声。

刚拜师学艺时，师父每次表演前都要敲一面小鼓吸引行人，共敲三下，边敲边吆喝。马定斋这一辈谜人成长起来的时候，商谜表演已经有了新的笙乐助兴方式，敲鼓这样的营销手段在勾栏瓦舍里着实是老掉牙了。马定斋当时年轻气盛，想赶时髦，却被师父严加管教，三令五申，不准忘了本。

几年熬下来，马定斋就错过了年少成名的机会。直到师父过世，马定斋才单枪匹马地在西市闯荡。后来他靠着过人的天分，收获了一些好名声。但渐渐地，他的僵化思维也在无形中埋下了根。

邪了门了！马定斋在心底细想，他已经很久没想起师父了，怎么今天晚上，一而再再而三地想起他老人家来？

马定斋停下脚步仔细听那鼓声，越来越清晰。他循声找去，发现是路边一个杂技表演团在敲鼓吸引行人驻足。这鼓敲三下，边敲边吆喝，跟他师父一个样。

有拿鼓的小童走到马定斋面前讨赏，马定斋在行业竞争激烈的形势下是泥菩萨过江，他没脸充大款，做了他的招牌动作——摆手，然后转身就走。

"咚！咚！咚！"

身后的鼓声渐远，马定斋原本只是心不在焉地瞅着花灯上的谜语，突然，他一个激灵，第四次想起他师父。

最后传来的鼓声让他茅塞顿开，他拍了拍额头：有了！

第二天，是正月十八，上元狂欢节的最后一个晚上。包子酒店的掌柜听到马定斋说有方法扭转乾坤时，以为他只是开玩笑，劝他："得了吧，老马，别拿这事寻开心！"

酒店厨房那一堆库存要是销不出去，下半年都要等着看老板的脸色了。掌柜也是给人打工的，不容易啊！

马定斋当时没说什么话，只是让掌柜照旧布置灯谜，然后给他准备一面小鼓。

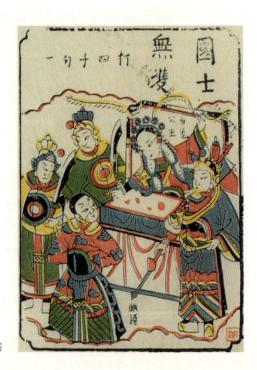

《国士无双》灯面绘图

掌柜心想：也不知道马定斋这次又想出什么新花样。虽然没抱太大的希望，但也按平常那样，让账房先生给他准备了。

入夜，华灯初上。

临安昨夜的辉煌灯火仿佛是被原封不动地"复制粘贴"到了今天晚上，明晃晃、荡悠悠的。

马定斋精神抖擞，提前就让人给他准备了一张小凳放在门口。搭好一张桌子后，他立在小凳上，高出众人一个头，待时机成熟，便把桌上的小鼓重重一敲，声音响亮，如同炸雷。

行人的目光立刻被这炸开的雷声吸引过来一半，另一半则对马定斋的这个老把戏嗤之以鼻，他们还要赶着去马婆巷双羊店猜灯谜呢！

"咚！咚！"马定斋又敲了两下鼓，喊道："打灯虎咯！"

话毕，掌柜就让人把写好的谜语贴在灯上。只有一盏，不像之前，各盏花灯上都有谜语。

"想打灯虎的，过来排号咯！一人一号，不可多排，先到先得！"马定斋拉长了嗓子。

什么，猜谜语还要排号？

原本浑不在意的另一半行人，心头有些痒痒了，越好奇，就越放不下，跟铁屑见了磁石一样，不自觉地往马定斋身边靠。不一会儿，马定斋身边聚拢了一圈爱新鲜热闹的市民。

马定斋见状，原本笔直的背脊又挺了挺，再一敲鼓，账房先生的小徒弟就听他吩咐，读了一遍灯上的谜语："常随揩大官人，满腹文章儒雅，有时一面红妆，爱向风前月下。"

"打一物。"马定斋的声音无缝衔接，随后又开始敲鼓："谁要第一个猜的？"

围观的人群正面面相觑，突然一个精干的小伙子一扬手："我！"

马定斋目光锁定这个小伙子，没有说话，只是接连敲鼓。原本沸腾的人群瞬间安静下来，有如观看竞赛。这时，马定斋就以一声"咚"开启了他新的表演方式："请打灯虎。"

那小伙子闻言，嘴里念念有词，翻来覆去地咀嚼谜面，场面仪式感太强，使他不敢轻易说出答案。

正要赶去马婆巷双羊店的那些谜语爱好者们，瞅见"过气"的包子酒店前人群竟聚成了小山模样，忍不住纷纷探头，想一看究竟。

围观的人越多，那小伙子越紧张，最后在群众的催促下，才斟酌地问出两字："印泥？"

马定斋用鼓槌轻击鼓面数次，表示还有进步空间，笑说："马上打中了，已经射到虎腿了。"

台下有人恍然大悟，争相要猜这个灯谜，马定斋却摇摇头："一人一号，先到先得。"

这期间，小伙子又在嘴唇边磨了两遍谜语，猛然反应过来："是印章！"

"咚！"马定斋重重一敲鼓面，说："打中！"顿了顿，有些不放心，又问："是否是猜中的？"

小伙子笑着把谜面、谜底解说了一遍，并解释道这是来自旧京王安石的一则谜语。

马定斋听后，用力击打鼓面以示祝贺。随后，他亲自把灯谜揭下来，连同一些果品小食的彩头一起交给猜中的小伙子。在场围观的众人纷纷鼓掌祝贺，猜谜的人因为经过这一番充满仪式感的游戏过程，猜中以后，成就感倍增。

因此，第二个猜谜的名额，有百人相争。

即使猜灯谜的彩头只是一点寻常的果品而已，但是击鼓猜谜的玩法让灯谜的魅力又翻了数倍。

当天晚上，包子酒店松了小半"库存"，没有走到必须亏本打折促销的田地。

随后几年，因为马定斋对击鼓猜谜的节奏把握得很好，少有人能在一两年内模仿到他的精髓，所以他的职业生涯都一帆风顺。

老百姓喜闻乐见的文化，就是优秀文化。灯谜，在满足趣味性的同时，又充盈着深刻的文化知识。马定斋将它的表演形式加工一番，引得众人更加喜爱它。

以谜戏财主，把握灯谜新内涵

　　事实上，灯谜的趣味性一直是它能绵延发展、生命力强劲的重要因素。伴随着灯谜文化的不断发展，它深得人心后，又因其通俗性而常被百姓用来戏谑、暗讽或者插科打诨。人们发现这般运用灯谜极为方便，既可庆贺节日，又可表达自己的内心。

　　一天，马定斋在包子酒店吃饭的时候，听到账房先生的徒弟给他讲了一个故事。

　　这世道总有人认为自己了不起，高人一等。

　　这个人是个财主，姓胡，人人都叫他"笑面虎"。胡财主仗着自己有点财势，便胡作非为，谁都不放在眼里。

　　去年春节，村里有个叫李才的青年到财主家借钱十两，因为李才衣着华丽，财主想也不想就借给他了。

　　随后，另一个叫王少的秀才到财主家借过年的粮，但财主见王少衣着破破烂烂，恨不能要啃他两口，把王少赶走了。

王少气不过，决定要斗斗这个"笑面虎"。他心想：不久后就是元宵节了，到时候我可要给这个"笑面虎"一点颜色看看。

到元宵节这天晚上，王少打着自己白天做的花灯上了街。这花灯扎得很大，又点得非常亮，只是粗略地晃一眼都能清楚地看见上面写的一首诗："头尖身细白如银，称称没有半毫分。眼睛长到屁股上，光认衣裳不认人。"

明眼人一看就知道是在说"笑面虎"脑袋尖，身子细小，眼睛长在屁股上，只知道从别人的穿着来判断一个人，是个狗眼看人低的家伙。

路上行人见了，有的觉得王少是在给自己找麻烦，有的则认为王少勇气可嘉。没想到，王少竟然还大摇大摆地提着花灯到了"笑面虎"家门前。

"笑面虎"一看，只气得哇哇乱叫："好小子，胆敢来骂老爷！"喊着，就命家丁来抢花灯。王少忙挑起花灯，笑嘻嘻地说："老爷，怎见得是骂你呢？""笑面虎"气呼呼地说："你那灯上是咋写的？这不是骂我是骂谁？"

王少仍笑嘻嘻地说："噢，老爷你误会了。我这灯上的诗不过是个供人猜测的灯谜罢了，这答案就是'针'。您仔细想想，看我这谜语出得妙不妙？"

"笑面虎"一想：可不哩！骂人的诗句经王少这么一解释，却让这"笑面虎"有气无处可撒，只得灰溜溜地回去了。这街上看热闹的人还是头一回看见胡财主这样，大家哈哈大笑。

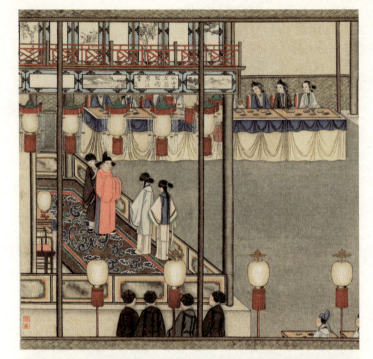

〔清〕孙温《红楼梦册页》里的花灯

"这事发生在哪个地方啊？"马定斋也听得乐了，问了一句。

掌柜刚好招呼了客人，听到他这个问题，不以为意，说："潮州（今广东潮州），离这皇城根下远着呢。"

马定斋想，哟，潮州，确实是很远。不过这个故事，可以当作下次表演的素材，不算白听。

在民间，诸如此类的故事还有很多。灯谜不仅是骚人墨客文学沙龙的热门节目，同时也成为广受黎民百姓好评的大众媒体。从此，灯谜愈发受到百姓欢迎。

本章谜底：

1. 蜘蛛

2. 针

参考文献：

〔宋〕吴自牧：《梦粱录》，王国平主编：《西湖文献集成》，杭州出版社，2004年。

〔宋〕周密：《武林旧事》，王国平主编：《西湖文献集成》，杭州出版社，2004年。

〔清〕姚礼：《郭西小志》，浙江工商大学出版社，2013年。

第四章谜语：

1. 重山复重山，重山向下悬。明月复明月，明月两相连。——打一字

2. 巨轮出港。——打一城市名（梨花格）

第四章

杭州城猜谜的

佼佼者

东京城职业谜人的常规操作

在宋代，灯与谜结缘前，谜语就有了自己的活动方式。文义谜是文人间的调侃，而商谜则是市井百姓闲暇之余的消遣。灯谜之所以能在出现后迅速风靡全国，与百姓爱谜不无关系，而百姓们的群体爱谜热则和北宋时期的商谜艺人息息相关。

因为已经立春，拂在面上的风仿佛也暖和几分。

昨夜熙熙攘攘的东京城（今河南开封）只在三更左右安静了一会儿，五更时分又热闹起来。毛详睡得正熟，就听见门外有个寺院行者敲打木鱼，既是提醒门内住民已经五更天了，又是一种迂回的化缘手段。

昨夜设地谜并未挣得几个钱，何况仅靠作谜、猜谜得来的几个钱也不够日常花销，自己还得在别处打主意。

毛详思索片刻，起床洗漱一番，又理了理年前刚做的新衣，背上谋生的用具，关上房门就走了。

确实也到了毛详该着急的时候，月初他刚交了房租，正当囊中羞涩。租房居住对大多数到东京城谋生的人而言是再正常不过的事情。像他们这类瓦肆艺人，纵使有个一技之长，也未必能在东京城安身立命。

突然，毛详又想起昨日说书先生的话："重城之中，双阙之下，尺地寸土，与金同价，非勋戚世家，居无隙地。"说得可真对呀！这东京城，寸土寸金，不是皇亲国戚世家大族，谁买得起房子？他在心中盘算一番自己每日的进项，又想了想售价千贯的普通住宅，自嘲地摇了摇头。

其实毛详大可不必自嘲，东京城内少说有一半人都是租房居住。

这一点倒不是胡诌，不说是毛详这类市井细民，就连许多宰相级别的高官也是租房居住。一位叫章伯镇的官员曾就东京住房难的问题发过牢骚："在东京生活，对时间有两种滋味：月初时等发工资，觉得一月漫长；月终时要交房钱，又觉得一月短暂。"

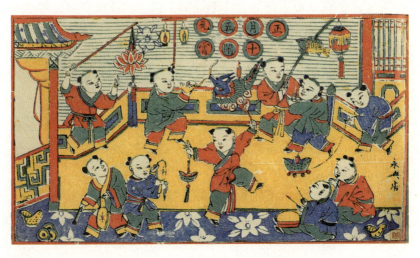

正月十五闹元宵

街上的茶坊每天五更就点灯营业了，此时正是早饭营业时间，毛详决定先去贩卖饮食果子的街巷吃个早饭再作打算。

东京城内的几个城门早已开放，街上全是赶早市的人。贩卖吃食的酒馆茶坊内许多都还点着灯烛，店内的伙计朝街上喊着："一份粥饭点心只收取十二文！"

毛详与大多数百姓一样，一天只吃两顿，早饭与晚饭，通常午饭都是用些点心对付着。他每日收入大约一百文钱，除去购买粮食的必要花销，毛详的存款所剩无几。

吃着饭食点心，毛详也在心里犯嘀咕：昨天那条街先不要去了，没什么新谜，要是遇上曾经猜过谜的老顾客，岂不是要破产了？

毛详是一个职业猜谜、制谜人，常常在街头设下谜场，拿出一些彩头吸引观众的注意。有时是观众猜他设下的谜语，猜中了自然就能拿走他先前说好的彩头；有时是观众设下谜局，让毛详猜。总之，谁输了谁就要送彩头给对方。

毛详算是靠猜谜混饭吃，他几乎什么种类的谜都出过、猜过，事物谜、字谜、印章谜这类都不在话下。坊市中识字最多的，除了李师师、徐婆惜、封宜奴这些才情甚高的伎艺人，当属他们这种制谜人了。

偌大的东京城，除了霍伯丑，毛详还没将其他同行放在眼里。今年新春，官家将年号从崇宁改为大观，同时大赦天下，政局也有所波动。毛详虽是市井小民，却也十分关心国家大事，他边吃着饭食，边听茶坊伙计和食客的言谈："官家重新起用蔡京，任命他为尚书左仆射兼门下侍郎，尚书右丞由梁子美担任……"

耳朵里听着国家大事，毛详却记起最近一个重大的日子——上元节。

这一天和其他传统节日相比，显得更为热闹。虽然早在宋太宗即位第六年就打破东京城内严格的交易时间限制，出现了夜市，但仍然受到三更前必须结束的时间管控。直到前朝彻底放开了宵禁，东京的九条街市才可以随意控制夜市的营业时间，繁华地段甚至可以通宵达旦，日以继夜。

上元节的时候将完全放开宵禁，即使大门不出、二门不迈的闺阁娘子在外赏灯一夜，也不会有人指责其德行。正是这一缘故，上元节期间，毛详的收入也会翻倍。过节时分，即便是平时不爱好猜谜的人也乐得花几文钱买个文雅消遣。

为了迎接上元节，毛详在家闭门制谜，一有好谜题，立即记在心中，就等上元节时派上用场。虽然正月十五才是正经的上元节，但由于百姓的热忱与官家的重视，东京城内其实从正月十四就开始准备元宵盛会了。

早在去年冬至时分，就有匠人在皇宫城门外造鳌山高灯，鳌山中还有两条鳌柱，每条鳌柱上都有金龙相缠，在龙口中点一盏灯，被人形象地称为"双龙衔照"。

当晚，按照惯例，宣德门外会有达官领了官家的旨意向百姓广撒金钱与银钱，东京观灯的百姓不论男女老少都可以抢得一些，图个喜气。毛详也去凑了个热闹，可惜只是去捧了个人场，抢不过那些眼疾手快的娃娃们。

乘着看灯的人潮，毛详也带着白粉与蘸粉（可在地上写字的"笔"）挑选了一条热闹的街市，找了一个路口设下了谜场。

　　他用白粉在地上画上一个大圈，然后拿出随身的小鼓敲打起来。鼓声是用来吸引来往人群注意力的，却也成了约定俗成的谜场开场白。东京城内爱好猜谜的人不少，又值此佳期，不一会儿，围观的人就将毛详的谜场围了起来。

　　众人看向地面，白粉的圈中什么关键字都没有，却听得毛详吆喝："诸位请听谜题，'一月复一月，两月共半边。上有可耕之田，下有长流之川。六口共一室，两口不团圆。'该是哪个字？"说着拿出一盏花灯作为彩头。

　　围着谜场的民众既有市井小民也有衣着鲜亮之人，纷纷陷入沉思。

　　众人苦苦思索好一阵，一时半刻间竟无人猜出。有几人报名猜谜，却答非所问，只好掏出几枚铜钱给了毛详。

　　一个衣着朴素的年轻人独自站在人群外围，听了几声，朗声说道："两个月挨在一起，又共用一边。可不就是'用'字吗？"一时间，围观的人群才恍然大悟，连连点头。毛详也信守承诺，将花灯彩头给予那人。

　　上元节自十四日晚开始，一直闹到十六日晚，毛详之前苦思冥想出来的几个新谜也帮他赚了不少钱。若是平日里，毛详每日也就赚个一百文上下；上元节期间，他每天能收获接近三百文。夜里，他作为制谜人自设谜场；白天，则参与其他同行所设谜场，尽量赚取一些现金彩头。

　　像毛详这般以制谜为职业的人还有很多，但宋徽宗时期，东京城内令众人信服的谜人估计也只有毛详与霍伯丑二人。毕竟，无论是出谜语还是猜谜底，都需要一定的文字功底与文学修养。

猜谜还是说书人的开场白

自宋建国以来，金、辽两国就时常前来骚扰。在这种情况下，只要宋廷内部意见稍有不合，就有使国家陷入内忧外患的风险。

一般人或许对"天下分久必合，合久必分"这句话理解并不深刻，但霍四究不同，他对于混乱的天下格局很有发言权。

早几年，霍四究也是东京城里响当当的说书名人。虽然北宋常年有外族纷扰，但明君统治下的太平日子也不少。宋仁宗时期，边关少有战事，老百姓的日子安定平稳，正处于国泰民安的状态，前代的娱乐活动也差不多玩腻了，是时候创造些新花样。这不，"说书"这一行业就兴起了。

霍四究最擅长的是三国时期分天下的故事，至于先秦两汉、五代史则另有其人。比如尹常卖，他口中的五代故事足以乱真，一度被城内百姓当成了真的历史，并在坊间流传。

靖康之变后没多久，东京就沦陷了，大量人口南迁，霍四究这些技艺能人自然也收拾包袱逃难去了。那年金兵南下，对路过的城池烧杀抢掠无恶不作，他根本找不到落脚之地。

宋靖康二年（1127），赵构在应天府称帝的消息传了出来，霍四究再一次收拾行囊准备奔向新帝所在。然而，建立南宋的新官家也没来得及过几天安稳日子，自称帝起，他就被金兵一路追杀，在几个城市间辗转多年，甚至还被逼到海上。直到建炎四年（1130）夏季，这位新官家才结束了四处奔波的生活，在临安安顿下来。

霍四究四处打听，确定金兵是否已经撤退的消息。他犹豫再三，还是决定前往临安。在东京生活多年，初到临安，霍四究仍有许多不习惯的地方。临安城"三面云山一面城"，而且处在南方，一到夏季便骄阳似火，他实在难以忍受。同时，临安的风俗也与旧都不同，这

《西湖清趣图》中的钱湖门瓦舍

里的百姓喜欢食用清淡的食物，他这个初来乍到的北方人则不适应这种饮食。

除此之外，临安城的格局也与霍四究之前居住的地方有所区别。临安有九厢坊巷，其中积善坊是上百戏巷，秀义坊是下百戏巷，霍四究与尹常卖这类说书人通常就在这两个巷子间活动。

好在以东京为代表的北方宋人与以临安为代表的南方宋人还有很多相同爱好，比如都很喜欢流连瓦肆，听些小曲、看些杂剧以及听说书人讲史。霍四究他们常驻于某个勾栏或邀棚，既能为店主吸引客人，也方便为自己积攒人气。

说书时所用到的工具一律由店主提供，倒也不是什么难事，不过是几张桌椅，还有折扇与醒木。虽然他常年说书，但时间一长仍觉得口干舌燥，别的说书人或许是将桌椅作为休息之用，他则是将桌椅看作放粗茶的台子。

无论是在东京还是临安，这些说书人都有一个不成文的"开场白"，那就是猜谜。

霍四究并非每天都要待在勾栏中，他在勾栏中有属于自己的时间段，到点了就该他上场了。因为他名气大，所以能在勾栏献艺，那些"江湖艺人"往往只在热闹宽敞的地方做场，又名"打野"。他能占据一天中最好的时间段——傍晚。一般这时贩夫走卒已经结束劳作，用过晚饭后正好需要打发时间、消食解闷，同时，临安城内的小康人家也可以趁着这个时间段来酒楼或茶坊用饭，顺便听上一段故事。霍四究讲三分天下最多，而且是章回制，第二天的故事必然接着第一天所讲的内容，因此，他的听众几乎是固定的。

除了一些成年人，小孩子也是他的常客。尽管这些孩子没几个钱购买勾栏里的点心与吃食，但他们却总能让场面热络起来。北宋时期就有一个关于孩子听三国的小故事。

苏轼在《东坡志林》中讲道，涂巷一户人家的孩童过于顽劣，他的家人苦于应对，为了躲避和他相处，便给他一些零钱，让他和茶馆里的听众一样老实坐着听书。

当时说书人正在讲三国故事，这个孩子听到刘玄德战败时，频频皱眉，甚至隐约有泪花闪现。当他听到曹操败了之后，又十分快活欢喜。可见，利用说书治熊孩子还有奇效。

霍四究不仅仅是个说书人，他还是猜谜、制谜的行家。

北宋时期，猜谜活动就已经在民间流行开来，除了毛详、霍伯丑这类专设谜场以猜谜、制谜为职业的人，这些说书人也会在开讲前抛出几个谜题供听众忖度，通常会以铜钱作为奖品。如果有观众答对谜题就可以拿走铜钱，反之，如果猜不中，就要以同样多的钱付给出谜人，也就是说书人。

瓦舍面积很大，场子四周围着栏杆，用荆棘之类遮拦着，不交钱的人不允许入内。霍四究坐在台上，台下是观众与伙计。大家都已经习惯每场讲史的前奏，摩拳擦掌准备猜谜。其实，此时民间流行的多是事物谜，少有引经据典的文义谜。众人看霍四究上了台，四下安静，茶坊里只听得他的声音："我有一张琴，琴弦藏在腹。时时马上弹，弹尽天下曲。"

话音刚落，台下的观众便陷入了沉思，不一会儿就有人自告奋勇要解谜题。有人猜是马球，有人说是乐琴，还有人猜些粗鄙的东西。由于奖品金额不大，即使输了也无所谓，所以现场一片混乱，猜什么的都有。

听完这个谜面，很少有人能想到它就是平日里常常见到的测量工具——墨斗。

墨斗中藏着墨线，只要木工需要做长直线，就要将墨斗的一端固定，拉直墨线至需要的位置，然后提起中段弹一下留下印记。这个动作就像弹琴，而且琴弦确实也藏在墨斗中。除此之外，墨斗的用途在于准确测量、规划直线，正好弹尽天下的"曲线"。有人传说这则谜语是苏东坡所制，但并无直接证据。

三国故事《定军山》

无人出其右的丘机山

百姓们佩服市井间有名的谜人，自然猜谜的风气就能长盛不衰。

虽然丘机山生在华亭，但他大半人生都是在临安度过的。

华亭县当时属于两浙路秀州（今浙江嘉兴），秀州一开始只是个小小的供人停留住宿的地方，后来竟发展成不亚于苏杭的大都会。北宋元丰（1078—1085）初年，秀州就已经有上十万户人家，仅仅排在苏杭两州之后。到了南宋时期，华亭更是一跃成为整个秀州的经济大头。除此之外，华亭城由于人口增加与经济发展，教育事业也得到重视。

当地的县学多次被修缮，华亭县的学子们也不负众望，在科举之路上屡放光芒。据《绍熙云间志》记载：自宋天禧二年到绍熙四年间（1018—1193），华亭县能够从乡试过关斩将进殿试，并且获得一定名次的就有八十八个人。

在这样的环境之中，丘机山也得到了很好的学习机会。他并非出身优渥，不过是跟着说话的先生学习了几年。好在丘机山才思敏捷，天赋极高，很快就习得先生毕生绝学并融会贯通。

按照常理，丘机山学成后应该在学艺地继续精进，成为一名家喻户晓的说话先生。更何况，华亭已然是一个经济与文化都相对发达的地区，对他未来的职业发展大有裨益。然而，丘机山却不愿意局限于华亭，而是毅然选择闯荡江湖。

宋室南迁，宋高宗经过几番考量，最终于宋绍兴八年（1138）宣布正式定都临安。此后，四方民众云集两浙，南迁的人数是平时的百倍之多，临安也就从州府一跃而起成了南宋的首都，进入它建成历史上最辉煌的时刻。它已经不仅仅是一座城市，也不仅仅是一个国家的首都，更是南宋百姓的心之所往。

丘机山早就下定决心，一定要去临安闯荡一番，看一看外面的精彩世界。他跟随先生学艺时，常出入华亭的瓦市，曾听得歌伎唱那柳三变的《望海潮》：

> 东南形胜，三吴都会，钱塘自古繁华，烟柳画桥，风帘翠幕，参差十万人家。云树绕堤沙，怒涛卷霜雪，天堑无涯。市列珠玑，户盈罗绮，竞豪奢。　重湖叠巘清嘉。有三秋桂子，十里荷花。羌管弄晴，菱歌泛夜，嬉嬉钓叟莲娃。千骑拥高牙。乘醉听箫鼓，吟赏烟霞。异日图将好景，归去凤池夸。

那时，闯荡临安这个梦就在丘机山的心里发了芽。

终于有一天，丘机山顺水路南下来到临安，意气风

〔清〕徐扬《姑苏繁华图》里的船灯

发的他一下子就被这座朝气蓬勃的城市所吸引，自古繁华的钱塘果然像词中唱的那般美丽。丘机山决定留下，凭一己之力在这座繁华城市中生存。他的拿手好戏是说话，给听众们讲讲《资治通鉴》与汉唐书史文传，细细评说文中那些争战兴废。有别于常人的是，丘机山登场时比一般说话人更为滑稽诙谐，说话前还擅长用猜谜斗智的方式逗听众开心，因此迅速收获了一批死忠粉。

北宋时期就有一部平话《五代史》，它按照《资治通鉴》的编年顺序，对其中记载的史事有选择地进行节录与筛选。丘机山是说话人，而不是说经人，他是否采用《五代史》已无从可考，但从他的幽默性格来看，他口中的《资治通鉴》必定更贴合民间传统。

丘机山不仅说话水平了得，猜谜更是一绝。

偏安一隅的南宋君王，没有丝毫与金人开战收复中原的想法，"直把杭州作汴州"也渐渐扎根在百姓的潜意识中。因此，临安的娱乐文化产业蒸蒸日上，当地的瓦肆、勾栏、茶楼成了诸多艺人荟萃之地。即使与这些优秀的艺人相比，丘机山同样能够脱颖而出，成为临安城颇具影响的艺人。

有书籍为证，南宋周密曾在《武林旧事》中将丘机山列入演史艺人行列；元末明初的陶宗仪也曾在《南村辍耕录》中夸赞过丘机山："丘机山，松江人。宋季元初，以滑稽闻于时，商谜无出其右。"

看来，丘机山在临安城的猜谜场合中总是常胜将军，以至于作为说话艺人的他却因猜谜厉害而被记录在册。丘机山说话开场前往往会给听众出一个谜题，有时是无关史话的民间谜语，有时是颇具深意的文义谜，有时甚至利用当日故事现制谜语。这众多的谜语，意义丰富，又具原创性，满足了听众多样化的需求。既要说话，还要制谜、猜谜，可见丘机山博闻强记，非精于某一专业的艺人可比。

丘机山一生浪迹江湖，但他人生的大半时光都在临安度过，他早已是个地地道道的临安人。他的博学不仅体现在说话、猜谜上，更是融入了日常生活中。

作为名声在外的临安艺人，丘机山曾遨游各大湖海，既是为了纵览河山美景，也是为了寻觅知音与对手。他曾经游历福州，发现了当地一名秀才粗浅的文字错误，一点面子都不给那名秀才留，直接嘲笑他不识字。福州文风昌盛，福建秀才们的学识水平更是天下闻名，丘机山此举无异于公开挑战他们。

这名秀才怀恨在心，集结好友想出一句生僻的上联，希望借此羞辱他。那好不容易想出的上联为："五行金木水火土"。一般人往往都很难对出下联，因下联要求第一个字要和"五"一样是数字，但又不能是"五"，除此之外，后面的五个字还必须有所关联才行。

众人沾沾自喜于上联的巧妙，断定丘机山对不出下联。看着陷入沉思的丘机山，被嘲笑的那名秀才更是志得意满。不料，没多久丘机山便在纸上写下：四位公侯伯子男。

端看上下联的对仗程度，"公侯伯子男"对应"金木水火土"，既无大错也不出彩。然而，丘机山的这句下联却大有来头。

"公侯伯子男"这些爵位明明是五等，为什么要用"四"字开头呢？这就是丘机山博学广识的体现。《周易·观卦·爻辞》中有这样一句："六四：观国之光，利用宾

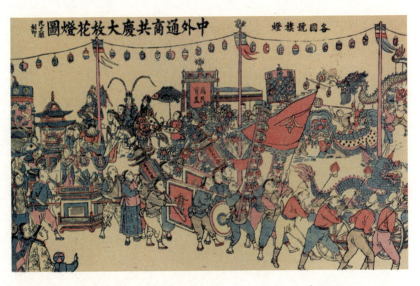

沈文雅年画店刻印的《中外通商共庆大放花灯图》

于王。"南宋时福建著名学者蔡渊曾经注释过这段话："'观'字是平声；'国之光'不就是'九五'吗？宾者，四也，王亦五也。古往今来的贤者，君王都是以礼相待，所以当他们觐见时，都是入座宾位。四和五接近，尽见光华之盛，故利用宾于王也。"

"四位"即指拥有五等爵位的贤德之人，一下子在内涵上与上联拉开距离，反显得上联过于粗浅直白。谁也没想到，丘机山一个说话艺人竟然精通《易经》，甚至能利用福建学者的注释来反击福建秀才们。这一场挑战，他大获全胜。

丘机山的博学多才从此处可见一斑，虽然他所制谜语并未流传下来，但人们依然能从只言片语中认识这位临安城说话、猜谜的佼佼者。

本章谜底：

1. 用

2. 杭州（航舟）

参考文献：

〔宋〕周密:《武林旧事》，王国平主编:《西湖文献集成》，杭州出版社，2004 年。

〔宋〕赵彦卫：《云麓漫钞》，中华书局，2000 年。

〔宋〕耐得翁：《都城纪胜》，王国平主编：《西湖文献集成》，杭州出版社，2004 年。

〔宋〕苏轼:《东坡志林》,北京理工大学出版社,2019年。

第五章谜语：

1. 佳人伴醉索人扶，露出胸前霜雪肤。走入绣帏寻不见，任他风雨满江湖。——打四诗人名

2. 研犹有石，砚更无山。姜女既去，孟子不还。——打一事物

第五章

谜社在杭州

应运而生

我们也要拥有属于自己的社团

湛蓝的天空晴朗无风，临安城内的百姓们像往常一样忙碌着。街上的货郎挑着担子，他的腰随着起步落脚呈现出一种柔软的弧度来。货郎沿着御街吆喝叫卖，引得一些孩童从家中跑出来凑热闹，围着货郎转圈奔走，眼睛寻觅着自己喜欢的小物件。货担虽小，里面却装满了各式各样的物品，不管是家用大物件还是小孩子嘴馋的糖果，应有尽有。

这一天看似没有特别之处，其实不然，就在刚才，临安城中新成立了两个社团：南北垢斋与西斋。这两个社团的成员全都是一些喜欢猜谜、制谜的行家——有爱好谜法的民间艺人，也有爱好吟诗作对的书生秀才。

不同兴趣的人聚在一起组建社团，这听起来似乎是几千年后才有的文明现象，然而宋朝却是历代封建王朝中的一朵奇葩。生在宋朝，拥有不同兴趣爱好的百姓几乎都能找到自己归属的社团，结交同好。

"社"字在《说文解字》中的本义是土地神，这个字最早出现在《左传》中，记载了周代官方举行的春秋两季祭祀社神活动。从汉代开始，民间出现了个人及团

《太白醉酒》灯面绘图

体祭祀的"私社"，此后"社"就作为各种组织团体的称呼流传开来。

早在南北垢斋与西斋这两个谜社成立前，临安城就有了各色社团。例如，宋神宗元丰年间（1078—1085），出现了以陈师道为首的陈师道诗社，他们因为喜欢阅读、创作相同风格的诗词而走在一起；而宋淳熙、绍熙年间（1174—1194），王思明、龚大明、章清隐、潘怡云等人也在临安建立了山中吟社，这些深谙音律的大佬常常聚在一起作词探讨。

除此之外，这里还有一些关于社团的逸事。

北宋神宗时期，不负十年寒窗而高中进士的晁端礼（北宋词人）因为被调往外地办公，被迫离开了自己建立多年的朋友圈，重新去到新的地方，又要慢慢熟悉一切，这让他非常怀念在诗社中与好友集会的场景。

一天，他端起茶杯，走在自己院子里，微风带下一片落叶飘到他的脚下。晁端礼看到这孤零的落叶，突然想到自己如今孑身一人在远方，竟连个一起喝酒的人都找不到，不禁备感孤独。他心里想：要是能和诗社里面的好友一起饮酒作诗就好了，只可惜如今……

晁端礼顿时苦闷难当，于是在这样的境况下，他写下了《醉蓬莱》，以此宣泄自己心中的情感。这件事也表明社团带给人们的影响，它可以丰富人们的业余生活。

宋高宗时期，著名的"退休老干部"朱敦儒也写过一首《沁园春·辞会》：

> 七十衰翁，告老归来，放怀纵心。念聚星高宴，围红盛集，如何著得，华发陈人。勉意追随，强颜陪奉，费力劳神恐未真。君休怪，近频辞雅会，不是无情。　岩扃。旧菊犹存。更松偃、梅疏新种成。爱静窗明几，焚香宴坐，闲调绿绮，默诵黄庭。莲社轻舆，雪溪小棹，有兴何妨寻弟兄。如今且，趁花迷酒困，心迹双清。

其中的莲社就是佛教信徒集会点，老干部朱敦儒还在词中委婉表达了自己想要退出诗社加入莲社的想法。从这件事又可以看出当时的人们对于社团的选择是较自由、广泛的。

除了这些文人组建的社团，临安城内还有尚武之人发起的射弓踏弩社，蹴鞠爱好者组建的齐云社，傀儡艺人们聚集一堂的傀儡社，以及说书人发起的雄辩社等等。

而无论是北宋还是南宋，民间的社团类型都层出不穷。这些民间社团种类繁多、选择自由，并且极大地丰富了百姓的业余生活。

眼见城中各种社团陆陆续续冒出来，人们可以在社团中相互切磋，醉心灯谜的高手自然坐不住了。所以当灯谜开始走入大众视野的时候，这些热爱猜射的人马上就按捺不住要组建社团的想法了，他们迫不及待地想要与爱好相同者进行交流。

于是，在一个晴朗的午后，几个相熟的谜人聚在一起，经过一番商议，他们决定组建以谜人为主的从未有过的谜社。当大家将所有事宜安排妥当时，他们便立即拍板组建，这才有了南北垢斋与西斋的诞生。

不被看好的临江观景房
被租作谜斋

其实，早在谜社正式出现前，就已经存在微型的爱谜小团体。

连续下了好久的雨，这日，终于雨过天晴，黄庭坚也因此心情不错。他心想：这么好的天气，不如邀请几个好朋友一起聚会饮酒。

朋友应邀来到黄庭坚的家中，家什准备好后，一群人围坐在饭桌旁。黄庭坚突然说："单单饮酒过于枯燥，我们不如来作行酒令！"

只见他握着酒杯走到窗前，暖风拂面，园中几只画眉清脆的啼叫一声一声钻进耳内，园中繁密的花朵在阳光的照耀与暖风的吹拂下影子斑驳。黄庭坚见到眼前的景象，顿时来了灵感，将眼前一幕转为酒令："虱去乙为虫，添几却是风。风暖鸟声碎，日高花影重。"

这一行酒令头两句采用拆字手法，第三句是顶真格式的同时，后面两句更是现成的唐代诗句。在座众人心服口服，感叹黄公才情，举杯饮酒。黄庭坚开了个好头，众人随后也即兴发挥，说了很多有趣的行酒令，这些行酒令都带有字谜的意味。

因缘巧合，黄公这句即兴行酒令竟被苏轼给知道了。听完这支行酒令，苏轼立刻应声答道："江去水为工，添糸既是红。红旗开向日，白马骤迎风。"黄庭坚的行酒令已经十分精妙，苏轼却能如此工整地与之唱和，不得不令人感叹他的才思敏捷。

另外，苏轼有一个异常惧内的朋友，叫作孙公素。碰巧那日苏轼约他相聚时，还有一名官妓在场。孙公素坐立难安，唯恐这事传到他夫人耳中，回家没得好脸色，于是屡屡请辞。

苏轼心领神会，却不肯放他走。恰好在座的那名官妓擅长商谜，他计上心来，准备用谜折腾一下自己这位惧内的好友。他忍住笑意，假意给官妓出谜题："蒯通劝韩信反，韩信不肯反。"那女子假意思索良久，才轻声说："不知道对不对，不敢直言。"

于是苏轼与那名女子便联手"请教"孙公素，耐不住他们两人的催促，尽管心下赧然，孙公素还是如实答道："此怕负汉也。"苏轼知道孙公素已经明白自己的言外之意，心情大好，厚赏了那名见机行事的官妓。

东坡爱谜，众所周知，他和三五好友曾收集文义谜，还将其装订成册。他们常常聚会，以谜会友，这不就已经是一个小型"谜社"了吗？

南北垢斋与西斋的成立在当时看来应该是个不小的新闻，但是这两个社团成立后，大家坚持只要出的灯谜有趣，自然就会凭实力吸引对此感兴趣的人来加入。因此，也就没加以宣传，最终无从引起轰动。但他们仍旧全心全意地将自己的热情灌注其中。

尽管南北垢斋与西斋的成员多是民间艺人，但他们的猜谜、制谜水平却不一般。

在谜斋成员的心中，猜谜、制谜虽然不像文人作诗广受拘束，但他们也有着自己的标准与修养。所以他们认为既然成立了专门的谜斋，自然要敲定一个方便大家相聚的地点。经过较长的讨论后，这些社员将南北垢斋与西斋的集会地点都定在了钱塘江右岸，选址当然是出于一定考量的。

一直以来，宋室皇宫都是坐北朝南，除了赵宋，其他朝代几乎也是如此。有的朝代可能相距千百年，但为

吉祥走马灯人

什么它们都有这么强烈的默契，纷纷认同"坐北朝南为尊"？因为人们都相信《周易》文中所传达的，古往今来的圣人都是面向着南面而知天下事的。所以不管在皇亲贵胄还是普通百姓的眼中，南面是尊位，而北面则是卑位。

宋室南迁至临安城后，一开始只是将这个城市作为行宫。尽管赵构对重返东京（今河南开封）几乎不抱希望，但他仍然一口咬定，宋室的首都只有东京，临安只是他的歇脚之地。同时，他也用这种方法来稳定民心，向大家传递正能量：我赵构必定能再复伟业，重回东京！

最开始，临安的百姓们尚且沉浸在官家亲临的荣誉感中，自北方逃难至南方的宋朝百姓也吃赵构这一套，他们心想：宋朝有了新的官家，骁勇善战的岳家军也将赶来临安。就将那家乡暂且寄存在金人手中，等待大军休养生息一番，依靠自古繁华的钱塘，何愁没有收复中原的一天？

这一等就是十年，在此期间，当地百姓早已认定临安就是南宋的新都城。当初犹豫不决、只将临安作为暂居地的人们也已定居，所以临安城的人口在这十年间迅速增长。临安城内外共有百万人家，"两赤县城主客户一十八万六千三百三十，口四十三万二千四十六"（〔宋〕吴自牧《梦粱录》卷十八《户口》）。

当赵构宣布定都临安后，决定将现住址好好翻修一次，才能担当南宋皇宫的地位。奇怪的是，赵构舍弃了历代坐北朝南的惯例，反而将皇城定在西湖与钱塘江之间，大内则位于凤凰山的南麓。想来，赵构曾经被金兵追逐多年，他担心如果金兵再次南下，首当其冲的就是皇城，因此一改旧例坐南朝北。

定都之后，赵构寻思也得对整个临安进行城市规划，以求更贴合首都的气质。虽然临安的城市布局不如东京整齐美观，但城建部门在规划时充分利用了临安的地理环境，将整个城市打造得大方得体。

临安城的总体布局是"南宫北市"。东边不远处就是钱塘江，是历代文人写诗作词歌颂之所；北部则多是大理寺、军器所、贡院等处理政务的衙门。由大内的和宁门出来便是朝天门与御街，御街的西面是喧闹的瓦肆坊市，还有一部分后宫府宅；东面与西面的功能有所不同，多是社坛、油局、妙喜庵等场所。

所以谜斋社员选在此处，并不是随意为之。钱塘江右岸自赵构在临安定都后，就成了连接各个地方的重要所在，毗邻各个热闹的区域。这样一来，它就可以为谜斋提供人员，以供扩大社团规模。除此之外，城内租金

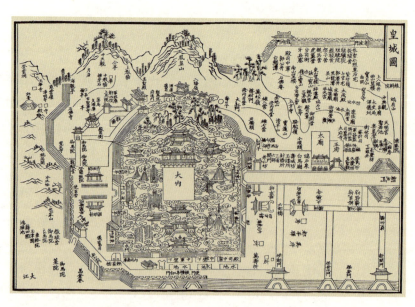

《南宋临安皇城图》　引自《咸淳临安志》

高昂，越偏离城市中心，租金越优惠，而钱塘江右岸就离临安市中心较远。这样一个好地方，自然是谜斋聚会场所的首选。

于是，他们在钱塘江右岸租下了两间"临江观景房"作为聚会时的场所。

两个谜斋选址在钱塘江右岸以后，有的人却说："你们选在江边，哪能有多少人来呀？"有的人又说："我不信他们真的能办起来。"

但谜斋的成员才不会管这些，此刻，他们看着自己的心血成果，一群人正在江边柳树下惬意地吹着风呢！他们已经心满意足，毕竟，明天的事，谁知道呢？

谜斋成员是创作上元节
灯谜的主力军

南北垢斋与西斋的成员在钱塘江边花了一笔不多的租金，就拥有了属于自己的社团根据地。为此，他们开心了一阵。开心过后，他们才开始反思：谜斋的成员并不多，几乎全是彼此相熟的伎艺人，大家都是靠谜吃饭。城内又有那么多的同行，这让行业竞争压力变大了。他们急迫地需要吸引多一点的猜射者加入谜斋并成为自己的粉丝，才能养家糊口。

反思过后他们才得出一个结论：咱们不能只顾兴趣，还是得吃饭。宣传的重要性在此刻就体现出来了。

谜社和其他社团一样都是公共开放的团体，即使不是以谜为职业的艺人也可以加入，关键在于现有成员如何去招募新社员。起初，谜社刚刚成立的时候，无人宣传，于是临安城内听说过南北垢斋与西斋的百姓很少，并且他们还以为这两个谜斋只是职业谜人扎堆的组织，和他们关系不大。即使有的人对谜斋有兴趣也望而却步。

明白自己必须扩大社团规模的成员们，开始着力宣传谜斋。但由于南宋时期打广告的方式有限，为了宣传南北垢斋与西斋，这两个谜斋内的伎艺人们都不惜纷纷发动自己的朋友圈，希望能够通过朋友的帮忙来达到宣传的效果。

除此之外，他们还将社团带上了大街。当他们在街头以猜谜形式表演自报门户时，会自动在大名前添加南北垢斋与西斋的组织名。久而久之，就达到了宣传效果，临安城内的百姓当中有越来越多的人知道城内出现了两个猜谜的新社团——南北垢斋与西斋。

既然打响了谜斋的名头，这些社员又开始广招社员，并且说明不管是否有写谜、猜谜的能力，只要你想要加入，就可以报名。除此之外，南北垢斋与西斋还任人去留，给予爱谜人士最大限度的自由。

大家一听：好家伙，还有这样的社团？纷纷都抢着要加入。这样一来，招募新人不再是什么难事。有时是爱好猜灯谜的百姓自告奋勇要加入其中一家，有时是谜斋成员拉进来相熟的人，总之，南北垢斋与西斋经过宣传之后，队伍一直在不断壮大。

此后，每到聚会期间，他们便用谜相互酬和，或者像苏轼一般用谜相互调侃。有时临安城内出现了耐人寻味的好谜，谜斋成员必定要聚在一起品一品。他们平时聚会创作的谜语都会有人记录在册，有机会时又拿出来考别的人。

亲友欢聚一堂的上元节是谜斋一年之中最热闹的时候。

临安的上元节一直是百姓们最喜闻乐见的开年节目，自从有人将谜语写在灯上，将花灯作为猜射谜语的载体，每年上元节简直成了临安灯谜大会。灯市上，卖花灯的老板们纷纷将自家的华灯展出，灯上剪贴了一些事物谜、书画谜或印章谜。可能会有人好奇，一个卖花灯的老板从哪儿批发来这么多灯谜？

答案不言而喻，这些灯谜自然来自谜社成员。因为谜斋名气与队伍的不断扩大，大家闲来没事就愿意去他们的基地坐坐，听些谜语回去。这样一来二去，大家都知道南北垢斋与西斋的谜语质量上乘又有意思。于是，逢年过节，有需要的花灯老板就会自己找上门来。

每年上元节前，谜斋就进入了最忙碌的时候。其中的民间艺人必须提前准备上元节期间需要用到的谜题，以便设下谜场供人商猜，另外一些醉心谜法的文人则全力创作难度不一的灯谜。除此之外，还会有人将这些灯谜卖出，但也有人不屑于这几个卖字的钱，慷慨将创作的灯谜赠给他人。

《新绘梁山伯相送祝英台》（前）

上元节期间热闹非凡，学历不高的普通老百姓便去猜些事物谜与字谜，若能赢得奖品也算图个开年的吉祥。至于街市上那些深奥难解的灯谜，则是文人雅士的最爱，他们呼朋引伴在亮如白昼的御街上猜射灯谜，偶有答错或偏题太多的人往往会遭到同伴的一番调侃。

总而言之，谜斋成员是创作上元节灯谜的主力军，而临安城因为上元节的点缀显得更加繁华。

迷迷糊糊就被粉丝
封为灯谜之祖

　　王安石当时肯定想不到，自己和友人一时兴起的玩乐之举竟然会变成后人创作灯谜的学习对象之一，更有人称自己是灯谜之祖。

　　宋熙宁九年（1076），王安石在政治上的二度开花又一次凋谢了。自从他官至宰相，这已经是第二次因故请辞。第一次主动引退是因为旱灾迅猛，他没有及时给出正确的指导方案，导致灾情严重，面子里子都过不去，不得不引咎辞职。不过，朝野上下还是有很多信任他工作能力的人，包括皇帝。没过多久，王安石又被重新启用为当朝宰相。

　　"老树着花"的王安石自然相当得意，他心想：我还有机会重启变法，革除朝堂与民间的诸多弊病，令大宋成为名载史册的强盛国家！

　　就像他没想到自己会成为后人创作灯谜的学习对象一样，他也没想到这次启用短暂得只有一年，他便又被迫告老还乡了。

　　这一次的"滑铁卢"给王安石的打击不小，他决定

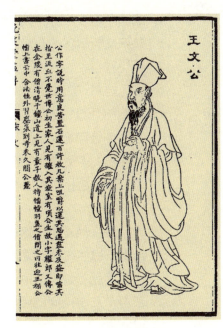

王安石像　引自
《晚笑堂画传》

远离官场，做个闲云野鹤的隐士。退休之后，他给自己找了个清静的住所——半山园。这所住宅因为刚好位于钟山南麓，是人们上下山必经之路的半途而得名。

　　隐居后的王安石再也不必沉湎于政事，可以根据自己的喜好行事。他喜欢骑着毛驴在山间小道上缓慢前行，周遭茂密的丛林伸出的枝丫常常勾连着他的衣衫。他喜欢隐语，从政时就常常自制诗谜与朋友相互逗趣。本朝官方和私人的刻书作坊不少，各类书籍也陆续能在市面上买到，但关于隐语的书却十分少见。如今天时地利人和，为什么不自己写一部谜书呢？这个想法一落地生根，《字说》的准备工作也顺利进入流程了。

　　王安石写的谜语既带有他个人的语言特色，又表达一定的思想情感。例如，他曾经为"贺"与"资"制作了两句简单的诗谜，"目字加两点，不作贝字猜"，这指的是"贺"字。"贝字欠两点，不作目字猜"，则指的是"资"字。这两个字谜语句对称、通俗有趣，即便是识文断字不多的普通百姓也可以尝试猜射。

这日，王安石正在半山园潜心编著《字说》，突然想到前几日得到的消息，好友王吉甫云游四方，近几日正好到金陵城（今江苏南京）。他放下笔，在书斋内来回踱步，犹豫着是否前往金陵城，毕竟没有准确的消息，万一这一趟扑了个空呢？

最终他还是决定去金陵城寻找王吉甫。巧的是，王吉甫听说他在钟山隐居，正赶来与他相聚。二人多年未见，一见面就有数不清的话要向对方倾诉。王安石急于了解王吉甫云游期间的经历，王吉甫则十分关心他是否适应退休生活。

老友重聚岂能没有美酒相伴，二人便就近找了一家酒店。酒菜已经被摆上酒桌，王安石坐在榻旁与王吉甫对饮，向他讲述自己的近况。

王安石一手捏着酒杯，一腿弯曲供手臂支撑，缓缓开口："我现在就住在钟山的半山腰，有个僻静的书斋，取名为'半山园'。等你得空一定要去瞧一瞧，我近日在创作《字说》，为单字作诗谜，有意思得紧。"

听了这话，王吉甫哈哈笑道："当年你也经常出诗谜给我猜，既然你在创作字谜，不如现在就给我出一个谜题让我猜猜？"

王安石独自在山间创作字谜，有时得到佳句却无人分享，苦闷至极。好友的要求正合他意，当即答应道："吉甫兄，'画时圆，写时方。冬时短，夏时长。'这是哪个字？"

王吉甫与他相识多年，二人常常用谜切磋，这种难度的字谜自然不在话下，立刻就猜到了谜底。但他注意到王安石给自己出题时用了四句话，每句话都是三个字，于是，他也准备用四句解开谜题。

沉思一会儿，王吉甫笑吟吟地看着好友，开口解谜道："'东海有一鱼，无头亦无尾。更除脊梁骨，便是这个谜。'"

二人相视而笑，举杯同饮。

王安石《字说》最终编撰完成，由于没有书商大量印刷，数量很少。尽管如此，其中的许多字谜却印在人们的脑海中，口口相传，成了最早的"东方口述史"项目。从北宋到南宋，《字说》这本谜书与王安石谜事的广泛流传，为他吸粉无数。同时，王安石还被自己的粉丝迷迷糊糊地封了个"灯谜之祖"的称号。

作为灯谜之祖，他创作的一些字谜、事物谜便常常

文仪斋年画店刻印的《新刻苏州虎丘山景致灯船图》

被写在上元节的花灯上。等到南宋时期，许多民间艺人与不得志的文人，因为灯谜这一共同爱好而聚集成社，才有了南北垢斋与西斋。这两个谜社中也有王安石的粉丝。

北宋时的苏轼、王安石、秦观与黄庭坚都酷爱制谜，后人甚至收集了他们彼此唱和的谜题，编辑出版成一本《文戏集》。苏轼、黄庭坚与秦观制谜常常引用典故，要解他们三人创作的灯谜必须要有一定的文学修养。

王安石则不同，虽然他本人更擅长研究经学，但他制作的灯谜往往通俗易懂、雅俗共赏，不会过于浅显直白，也不会深奥难懂。所以，学历壁垒低的王式制谜方法就成了民间灯谜制作人的学习目标。

他常用简单的言语创作灯谜，其中尤以字谜与事物谜居多。相传有一猜"印章"的灯谜就出自他手，谜面是"常随措大官人，满腹文章儒雅，有时一面红妆，爱向风前月下"，谜底简单明了。

新正月十五逛花灯

南北垢斋与西斋并非官方社团，而是依托于民间的聚集团体，在创作灯谜时必定会偏向民间大众。谜社众人每每创作灯谜时，就会学习灯谜之祖的制谜方法，尽量采用言简意赅的方式提出谜面。

谜社成立许久，在众人的努力下，涌现许多新作灯谜。特别是在上元节期间，两个谜社的灯谜产出成倍增长。这些灯谜都是大家的心血，为什么不将它们收集起来，编辑成册？

南北垢斋与西斋成员决定将日常创作的谜题收录成册，这一工作是极有意义的，然而正如王安石《字说》的逐渐遗失，南北垢斋与西斋的灯谜集成也在历史的洪流中被无情地冲散了。

本章谜底：
1.贾岛（假倒）、李白（里白）、罗隐、潘阆（拍浪）
2.砚盖

第六章谜语：

1. 人有它大，天没它大。——打一字

2. 天下无人能及。——打一字

3. 真心可见。——打一字

4. 一一入园中。——打一字

5. 我闭口无言。——打一字

6. 一点一横，两眼一瞪。——打一字

7. 要虚心。——打一字

8. 分头难聚成一人。——打一字

9. 与人结仇。——打一字

10. 费心思考再开口。——打一字

第六章

灯谜视角下的

人生百态

临死前的最后一首诗竟是灯谜

冬日暖阳照在窗棂上，阁楼下繁杂的花树已经萌发新芽，正是女眷们相约踏青赏花的好日子。前几日，朱淑真陆续收到闺中女伴的邀请，前前后后出游数次，她想：踏青赏花固然不错，但日日都去着实太累。何况上元节也要到了，届时若是身体不适岂不辜负良宵？如果还有人邀我踏青，必得找个理由拒绝掉。

这日，她正坐在桌旁拿着书卷，沉迷于诗词所营造的美妙世界，突然被一声听不真切的娘子"惊醒"。她略微嗔怒地转过身来，预备瞧瞧是谁扰了自己的雅兴，却发现是贴身小婢。

小婢女见她转过身来，赶紧又重复一遍刚才的说辞："娘子，魏夫人邀请你明日赴宴，问你得不得空？"

朱淑真在心中仔细回想一下最近的预约，确认并没有什么事件会与魏夫人的邀请相冲，何况只是赴宴而非踏青，便果断让小婢去回话答应下来。因第二天还需赴宴，朱淑真当晚早早就歇下了。魏夫人设宴，来的必定都是各色女中名流，为了不在宴席上被看出憔悴之态，美容觉是必不可少的。

第二天，小婢女们准备好洗漱用品时，朱淑真才起身梳洗。她心里估算着宴会的时间，等时间差不多了才从家中乘马车去赴宴。果然，魏夫人邀请了临安城内诸多女子，既有像朱淑真这般未出阁的女子，也有已婚配的夫人们。

在唐朝尊重女性的社会观念的影响下，宋朝时，妇女们也都拥有较高的人身自由。虽然此时上层社会已经开始出现理学的声音，但好在尚未引起宋高宗的重视，娘子们相互邀约仍是常事。

听了魏夫人的开场白，朱淑真才知，原来今日将她们聚在一起，是因为魏夫人让小婢们排演了几支队舞（宫廷歌舞形式之一），请她们来观赏。为了这次宴会，魏夫人不知从何处找来一种微甜清冽的美酒，摆放在众人的桌上。

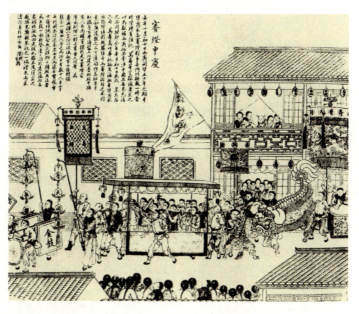

赛灯申庆　引自《点石斋画报》

　　说话间队舞已经开始了，率领舞队的杖子头与竹竿子将舞队引到场中，作为花心的领舞者依照惯例站在中间确定整个舞队的位置，四边的群舞者迅速围绕在她身旁。乐声响起，队舞人员纷纷举起手中的花束跳将起来。一时之间，宴席上只剩下丝竹声与赏心悦目的舞蹈，前来赴宴的娘子们纷纷噤声。

　　一舞作罢，魏夫人或许考虑到只观歌舞过于无趣，便提出赋诗助兴的请求。朱淑真才名在外，自然第一个被魏夫人点了名，"淑真你素有才名，不如我今天就借这个机会求诗，你用'飞雪满群山'为韵，作五首七绝如何？"说着便让小婢们准备笔墨。

　　朱淑真微笑着答应，略微思索便在纸上写下《会魏夫人席上命小鬟妙舞曲终求诗于予以飞雪满群山为韵作五绝》。这五首七绝将小婢们排演的队舞描绘得栩栩如生，被后人称赞："不惟词旨艳丽，而舞态之妙，亦可想见也。"

　　魏夫人同样具有较高的文学修养，她早就听说朱淑真有才却不甚在意，直到今日宴席朱淑真当场写下五首七绝，她才对朱淑真生出些惺惺相惜之感。这次宴席后，魏夫人与朱淑真结为闺中密友，时常来往。

　　没几日，临安城就陷入准备上元节的忙碌中，各色花灯早早被摆在店铺的柜台上。一些富裕人家已经着手准备在门口扎小型鳌山，家境一般的也开始购买花灯悬挂在庭院里。上元节历来是女儿家结伴出游的日子，魏夫人本与朱淑真约好，却临时变卦要与夫君同行，朱淑真只得独自观灯。

　　御街两旁的店铺挂满各种样式的花灯，街道两旁的树木也被挂上了袖珍花灯，加上蜡烛透过绢纸的红色，打眼望去，整棵树仿佛着火一般。熙熙攘攘的人群中还有几个击鼓以吸引过路人注意的艺人，朱淑真身旁热闹非凡。

虽然魏夫人并未与朱淑真同行，但她仍有同行之人。转过一个热闹的巷口，朱淑真就看到一位身穿月白外袍的男子正提着一个精巧别致的花灯，站在拐角处静静等待。

她提着花灯缓步向前走去，看见那人远远地开始微笑。男子上前一步同她打了招呼："今晚，我们两人又不谋而合，都买了花灯。我手上这花灯是送给你的，你看，是否合你的意？"

朱淑真这才低下头，细细打量一番，果然很喜欢。随后两人商定待夜深回家时，她再带走这灯。说完两人并肩走在喧闹的灯市上，隐隐没入其中。

两人且走且停，不一会儿的工夫，就瞧中了好几个雅致的灯谜。朱淑真和那男子轮番上阵射虎，猜中后得到的彩头两双手都拿不过来，偶尔也有几个绞尽脑汁也猜不出的。

四周虽灯火明亮，但仍无法驱散渐渐上涌的冬夜的寒气，男子体贴地发现朱淑真似乎有些畏寒，对她嘘寒问暖。

良辰美景，朱淑真却忍不住地伤感：这样的日子明年还会有吗？但她又立刻释然：未来的事不应去考虑，现在该做的是珍惜当下。

两人将这临安的灯市逛了个遍，直到天边微微露出鱼肚白才分别回家。

回到家中的朱淑真本该好好休息一下，但她躺在床上却辗转难眠，干脆起床将昨夜发生的事像我们今天记日记一样写了下来：今年的上元灯市依旧很热闹，虽然被魏夫人爽约，但能和"他"一起赏灯真的很开心。只是不知道这样快乐的事情以后还会有吗？

朱淑真的担忧成了真。尽管宋代女子的地位较高，却仍然逃不脱父母之命、媒妁之言的禁锢，朱淑真也无法避免地被父母安排了婚事。对方是个小吏，一心想着仕途平稳，与朱淑真的共同语言极少。久而久之，夫妻俩就陷入争吵的漩涡，不和睦的夫妻关系甚至成为众所周知的事。

这种情况持续多年，面对流言蜚语的攻击和不理解自己的家人，朱淑真无力辩驳，慢慢抑郁成疾。支撑她的最后一线希望是当年陪伴她看花灯的那名男子，多年来双方仍然保持联系，他是朱淑真面对这个冷酷世界最后的一点温暖。

天不遂人愿，那名男子最终也要和朱淑真分手。她心力交瘁，决定投水自杀。她回忆起每年上元节时与"他"同游的场景，更想起他们在灯市上为了猜灯谜而发生的诸多趣事。在临死前，朱淑真写下她人生最后一首诗，不是七绝也不是五言，而是承载回忆的灯谜——《断肠谜》：

下楼来，金钱卜落；问苍天，人在何方？恨王孙，一直去了；誓冤家，言去无回。悔当初，吾错失口，有上交无下交。皂白何须问？分开不用刀，从今莫把仇人靠，千种相思一撇销。

这首《断肠谜》是字谜，每句是一个谜面，共有十个字，其中的玄机就暗藏于每一句诗中。谜底是：一二三四五六七八九十，它正是朱淑真人到离世对自己遭遇的总结，同时也寄寓自己对当年两人同游灯会的怀念。

他只是当年临安灯谜的搬运工

　　面积不大的书房内窗明几净，桌上摆放着笔格、砚山、笔床、笔屏、笔洗等物件。刻有姓名、肖形的印章就搁在主人触手可及的地方，镇纸压着的书稿打眼瞧去已近尾声，书房的主人却在来回踱步。

　　今年已经是元至元二十八年（1291），距离故国真正覆灭已经过去十二年，然而周密始终不愿面对这个事实。于是他将魂牵梦萦的故国社会付诸笔下，静待后人启读，期冀大宋风华能再现于世。镇纸下与书案旁的那摞纸稿就是他这几个月来的心血，周密准备将之命名为《齐东野语》。

　　"齐东野语"出自《孟子·万章上》："此非君子之言，齐东野人之语也。"孟子用来表示乡野村夫的闲话是不足为信的。当然，周密可不觉得自己耗费几个月写成的书稿是胡言乱语，这只是他的一种自谦态度，同时，"齐东"二字更多了纪念中原故土之意。

　　几分钟前，他还伏在案上为《齐东野语》作序，写到"老病日至，忽忽漫不省忆为大恨"时，好似亲手揭开了某个伤疤，悲从心来，只能骤然停笔。

　　院墙外传来一些叫卖的吆喝声，清新柔美的吴侬软语是周密极其熟悉的。如果不是间或夹杂的元朝官话，陷入回忆的他仿佛置身在南宋的临安城，而非元朝的杭州。

　　周密回到书案前，凝视着自己的书稿，映入眼帘的是《齐东野语》的第二十卷。纸上零零散散地记载了些许史事传闻与民间逸事，其中篇幅最多的却是"隐语"。

　　"隐语"篇收录了他记忆中的二十六支谜语，既有字谜、物谜、画谜，还有由蹴鞠这类体育活动衍生的谜语。在周密的记忆中，这些谜语有的是文人雅士相互酬和的成果，有的则是储存在他脑海中的南宋上元节灯谜。

　　宋德祐元年（1275），周密在义乌做县令，隐约听到风声：元人明年就要南下，临安危在旦夕。他不相信国家会孱弱到这个地步，弱到外族居然直接将目标瞄向

《齐东野语》书影

都城临安。在他的记忆中，临安向来是歌舞升平、繁荣有序的。

然而这场覆灭快如闪电。宋德祐二年（1276），元朝大军涌入临安城，城破国亡。三年后，南宋皇室最后的血脉也被赶尽杀绝。但凡想到这些往事，周密总是长叹一口气，情到深处时还会涕泗横流。

临安的上元灯会是如何的辉煌热闹，即使年近花甲，周密也记忆犹新。《武林旧事》就是在他五十八岁那年成书的，尽管身在元朝的杭州，但他的思绪总是穿越回十多年前的临安。

在元朝生活的日子，最煎熬的莫过于过节。毕竟一经历与故国相同的节日，就会想起当年的点点滴滴。日复一日，年复一年，他的记忆开始残缺，身子也像漏风的窗户纸，一咳嗽就抖得不成样子。

今年元夕，周密对故国的怀念更浓了。那日他淋了一场雨，受了些风寒无法出门，外面正是元夕盛会，他只能在家中修养。元夕夜街巷间锣鼓喧天，他手里拿着书卷，心思却不在书中，街市上的声音不时钻入耳中。放下书卷，闭上眼睛，炉内沉香弥漫，他仿佛又回到了故国长达五夜的元夕灯会。

那时街上灯品甚多，击鼓跳舞的人儿随处可见，应和月色穿着白衣，手提"夜蛾"（用白纸做的蝉形状的花灯）或"火杨梅"（将枣肉炭屑搓成丸状，系上铁丝点燃）的游人彼此倾耳交谈，整条天街都因这灯会亮如白昼。灯市上有精通音律的人彼此应和，华美的乐章便在街上流动。两旁店铺青翠的竹帘，被风一拂，连上面的月影也流动起来。

人群中的他正值壮年，与友人相约同行观灯。那年的灯会也与往年不同，除去赏灯，他们还猜了许多灯谜。原本灯会只是观灯，却有人用诗词做谜面，将它剪贴在花灯上，引人猜射。而且花样还不少，有的谜底完全是嘲讽之意，有的灯谜竟是首藏头诗，还有的则是旧日东京城（今河南开封）的一些浑话，猜中了反而被戏弄了。

周密曾为当年元夕写下《元夕次松窗韵》：

> 霁景浮灯市，春声动乐章。
> 翠帘流月影，黄道散天香。
> 鳌蜃三山耸，鱼龙陆地骧。
> 醉余天欲曙，归路笛声长。

既是为了酬和好友吴梦窗，也是为了表达参与元夕灯会的欣喜。

睁开眼睛，记忆中的热闹与眼前的冷清形成鲜明的对比，屋内哪有什么花灯，只有一盏青灯亮着，那是他留着读诗的。浇了他一身的那场春雨一去不返，也多亏这点，院墙外过节的氛围才能如此浓厚。若是满街华灯被突至的雨滴浇灭，岂不坏了人们的兴致。

然而，元夕盛会进行到后半夜时，春雨还是如期而至。街上的游人叫嚷着，跑动着，灯市上的店铺老板也埋怨这煞风景的老天。不一会儿，院墙外就彻底安静下来，只剩下淅淅沥沥的雨声敲击在青石路上与瓦片上。

放下书卷，周密起身来到书案前，提笔写下《元夕被雨病中有感》（其一）：

> 病怀惟与静相便，尽把欢游乞少年。

沉水一炉诗一卷，细听春雨枕书眠。

正当他预备放下笔时，环顾四周，心中又起悲凉之意，续写《元夕被雨病中有感》（其二）：

邻箫街鼓远相闻，犹忆天街五夜春。
二十年间游冶事，青灯闲照白头人。

周密对灯谜有着别样的感情。灯谜首次出现在临安街头的那一晚，他就在现场，不小心做了历史的见证人。在他心中，元夕猜灯谜已成了临安城别具一格的风景，是他回忆中的一抹亮光。他在《武林旧事》中多次提到元夕、灯会、谜语，又在新著的《齐东野语》中花大篇幅收录了二十六支谜语与灯谜。

他爱谜，他的偶像姜夔也爱谜。虽然不是灯谜，但也并非通俗的民间谜语。姜夔像大多数宋人一样爱好印学，更是独创了需深厚文学功底才能解读的"印章谜"。

关于"印章谜"，周密记在了主要讲述私家藏画的《云烟过眼录》中，可以感受到他已经把这种谜语当作一种艺术了。

姜夔想为自己刻一方私印，旁人通常是直接将姓名刻在印上，他却别出心裁，将自己的姓名作为谜底，把谜面刻在章上。印章上刻着"鹰扬周室，凤仪虞廷"，这是如何和他的名字"姜夔"联系在一起的呢？

原来，"鹰扬周室"取自《诗经》中的"维师尚父，时维鹰扬"，尚父是姜子牙的尊称，"鹰扬周室"四个字正好把姜尚的"姜"隐去了。"凤仪虞廷"则引自《尚书》中的"《箫韶》九成，凤皇来仪"。虞（帝舜）命夔为典乐之官，就有了该典故，这里正好又隐去了"夔"字。最后将隐去的两个字合起来，便是姜夔的姓名。

姜夔这一举动开了印章谜的先河，作为粉丝，同时又爱好谜语与灯谜的周密自然会将这些都记录在册。值得一提的是，周密出于爱好收录的这些隐语，却为后人追寻南宋临安的灯谜文化助力不少。他不是灯谜的生产者，也不是源头，而是南宋临安灯谜的搬运工。

本章谜底：

1. 一
2. 二
3. 三
4. 四
5. 五
6. 六
7. 七
8. 八
9. 九
10. 十

第七章谜语：

1. 我有红圆子，治赤白带下。每服三五丸，临夜茶酒下。——打一事物

2. 用之则行，舍之则藏，唯我与尔。危而不持，颠而不扶，则焉用彼？——打一事物

第七章

谜也能作为
街头表演节目

猜个谜也被写进了"八卦杂志"

宋代谜事活跃得益于北宋时打破坊市界限，无论是洛阳、扬州还是杭州、成都等大城市，当时为了适应市民阶层的娱乐需要，纷纷出现一些群众游艺场所。这些场所经常演出说唱、杂剧、说话等艺术，其中也包括猜射谜语的商谜活动。

有了商谜，在百姓间才有了广泛的猜谜基础，灯谜诞生后，才能广泛深入民间。

〔清〕彭元瑞《康乾万寿灯图·观音灯图》

就在苏轼提出去外地任职时，原本还有几声议论的朝堂顿时安静下来，大臣们欲言又止。

苏子瞻三番五次地得罪宰相王安石，偏偏王相正是如日中天，这京师哪有苏轼的立锥之地，选择远调外地也在情理之中。只是大家没想到苏子瞻这个刺儿头会在这个时候提出外调。

前几日东京城（今河南开封）启动了最后一级中央政府考试制度，通过的人才能被称作进士。苏轼作为考官，不好好想个利国利民的考题，开发替补官员们的大脑，竟然逮着这个机会嘲讽宰相王安石。

苏轼擅长玩文字游戏，常常能自我辩白，自己给自己"伸冤"，但那天的考题他无论如何也无法自辩清白。苏轼一向看不惯王安石的做法，于是趁着给进士策问出题时，他将"因晋武帝的独断而未能平定吴国，苻坚也因独断在进攻晋时灭亡，齐桓公专任管仲而成就霸业，但燕哙专任子之却失败了，事情相同而效果相反"为题。他透过这样一个考试试题，既嘲讽了王安石用独断专行来辅助神宗，同时也表达出了自己并不看好王安石的变法的意思。

这件事传遍了整个东京，就算王安石无所谓，你说这一国之主能忍吗？

这不，今日早朝就变成了苏轼的批斗大会。百官"监视器"御史谢景温大人根据王安石的示意，在宋神宗面前狠狠论奏了一番苏轼的过失：暗讽同僚，这样的人只会败坏我大宋官员的群体形象；不务正业，拿着朝廷的工资出些没建设的考题；为人傲慢，多次犯错屡教不改……这些随意想出来的罪名自然被驳回了，正当百官悄声议论苏轼其人时，他本人却高声提出要调往外地任职，亲手帮宰相大人实现了眼不见为净的愿望。

宋熙宁四年（1071），苏轼如愿去杭州任通判。这个官职虽然通常只是从五品或正六品，但通判自宋太祖创设以来，常常由皇帝直接委派，用以辅助当地知府政务。说是辅助，也可以说是皇帝安插在偏远地方官身旁的"摄像头"，防止他们凭借天高皇帝远而在不知不觉间坐大。

杭州自古繁华，离开东京这个政治漩涡去杭州任职，不像外调，反而像给苏轼放年假。要去杭州当然是乘水流东去最快，沿途遇到繁华的城市，大可将船靠岸，上岸去游览一番。一路拖延，苏轼的赴任之路走走停停，总算在上任期限内来到杭州。

第一次来到杭州，他就被湖光山色迷住了眼。一有空，他就徒步穿越杭州的大街小巷，攀登附近的矮山，游览著名的西湖。一次，他正坐在小舟中欣赏湖上美景，却遇到一阵云雨，谁知一会儿又放晴了。这一雨一晴间，西湖好似也变了个模样，惊艳了苏轼，当即作《饮湖上初晴后雨二首》。兴之所至，估计他也没想到其中第二首会成为杭州西湖沿用千年的旅游广告词。

在杭州的这几年应该是苏轼职业生涯中最清闲的一段时光了，除了公务，他的私人活动时间实际很多。除了认识了新朋友，苏轼的老朋友偶尔也会来杭州探望他。

早在东京城任职时，苏轼就酷爱用谜语戏弄人，喜欢玩些文字游戏，至今未逢敌手，独孤求败。

一日，天朗气清，惠风和畅，处理完公务的苏轼早早收工回家，预备路过食肆捎点儿可口的点心给两个年幼的侄孙。杭州城已经入夏，正应了浙西的一句谚语："苏杭两浙，春寒秋热。对面厮啜，背地厮说。"（〔宋〕庄绰《鸡肋编》卷上）说的就是杭州的天气反复无常，另外还有一句"雨下便寒晴便热，不论春夏与秋冬"也很形象地描述了杭州气温的善变。

还没到家，苏轼就在路上经历了气候冷暖的交替。刚到家歇息片刻，就听见门外有脚步声接近。恍惚间，那人好像碰见了仆人，仆人似乎说了一句："先生在家。"

苏轼早就换下拘谨的官服，穿上了宽松的常服，听着门外的脚步越来越靠近，他倚在榻上准备看看来者何人。最先进入视野的是一只穿着僧鞋的脚，紧接着，来人快速迈进门里，苏轼适应他背后的强光后，才看清来的是位僧人。这位僧人的僧袍与其说是穿在身上，不如说是挂在身上，他体型微胖，胸前没有衣物遮蔽，袒胸露乳。他左臂挂着一串念珠，搭配满脸堆笑的脸与微胖的身材，宛若一尊弥勒佛。

"原来是你，怎么突然来找我也不知会一声？"发现来人是佛印和尚后，苏轼也不起身，反而更悠闲地躺在了榻上。老友对自己的这种态度，佛印也是见怪不怪了，也不等苏轼招呼便坐在榻上，笑呵呵地抬手抹汗，回答道："我路过坊市，瞧见有人设下谜场，听来一个谜，特意来找你，与你商此一谜。"

紧接着，佛印将左臂的念珠拿在手上，左手从兜里掏出一串钱来，说："这是二百五十钱，就与你商量这个谜。"

苏轼在商谜中大获全胜是常事，偶有失利则全是因为眼前这个和尚。虽然佛印拿出二百五十钱找他商谜很是无厘头，但他也没有掉以轻心。苏轼下了榻，踱步思索：佛印拿出二百五十钱来商谜，谜底是什么呢？怎么想也摸不着头脑，为了得到一些提示，苏轼只能停下脚步询问："按照谜场中的收费标准，一钱通常是四个字。你这竟然有二百五十钱，那就是一千个字，难道这是个长达千字的谜语？"佛印一听他这话，只是哈哈大笑，却没有给他任何提点。

此处无声胜有声，苏轼意识到自己被无情地嘲讽了，决定想法子扳回一局。他灵机一动，来到书案前，随手抽过一张白纸，提笔在上面描画。纸上是一个穿着僧袍的和尚，他右手握着一柄蒲扇，左手竟然是一把长柄笊篱。握着蒲扇没什么稀奇，为何要手持做饭时捞取食物的笊篱，原是苏轼为了嘲讽佛印贪吃。

他将这张画向佛印展示，笑着询问佛印："那么你可以商此谜吗？"果然，佛印一改笑呵呵的模样，陷入了沉思。正当苏轼以为佛印也要重蹈自己的覆辙时，佛印却问他："这是暗指《毛诗序》中之语吗？"

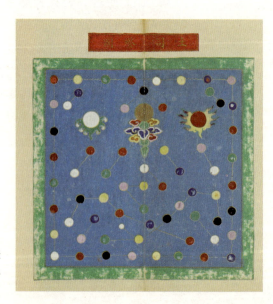

〔清〕彭元瑞《康乾万寿灯图·土司灯图》

苏轼也没想到佛印竟然这么认真地回答他的调侃，只得开口请教："此话怎样？"

"'风以动之，教以化之。'难道你不是这个意思？"

此时，苏轼也仔细端详一番手中的随笔画，顿时领会了佛印话中深意，只能感叹道："我还是要向你学习啊。"此话一出，苏轼与佛印相视而笑。

在苏轼与佛印的交往中，这种翻车现场屡见不鲜，苏轼自然不会加以记录。只是他没想到，后来竟有人借用他的名义写成《东坡问答录》，将这件小事也记录其中。《东坡问答录》当然不是苏轼官方出品的书籍，只能算作粉丝搜集了他和佛印的往来唱和故事而写成的一本"八卦杂志"。

勾栏节目单上的明星效应

胡六郎也说不清"商谜"究竟是何时兴盛的，他只知道如今临安城内从事商谜这一行业的艺人越来越多，竞争压力也越来越大。想当年，他从师学艺时，商谜还没有这么高的热度，知名的艺人更是寥寥无几，现在却是另一番天地了。

"商谜"这个词较早出现在庄绰《鸡肋编》的记载中，文中指出苏轼会见好友孙公素时，曾有一名官妓陪伴身侧，那名官妓很擅长商谜。除此之外，《东坡问答录》中，佛印也曾说出"与你商此一谜"。这又成为"商谜"在南宋前就已经出现的佐证。

北宋年间，"商谜"的"商"应该是"商猜"之意，发展到南宋，"商谜"的"商"在"商猜"的基础上，隐约有了"商业"的味道，已经成为艺人养家糊口的一门职业。胡六郎这类艺人所表演的商谜与苏轼那类文人商谜活动有本质区别：苏轼商谜只是与人商猜谜语逗弄他人；胡六郎表演商谜时，除了娱乐观众还有一定的表演流程。

当年东京城的"百戏"杂艺闻名全国，加上全面放

《打金枝》

开宵禁政策，全国不知多少百姓羡慕东京城居民的休闲生活。好在这种经济模式后来逐渐在几大发达城市复刻，临安便是其中之一。

其实临安以前并没有勾栏，尽管城中百姓多少听说过东京城的瓦舍文化，但这种大型娱乐场所仅靠私人资金是无法支撑的，所以临安始终没有勾栏建起。

后来宋室南渡后，护送赵构的大队官兵屯扎在临安城外，为了防止聚众生事，让这群官兵有个娱乐的地方，勾栏才在临安政府财政的支持下临时搭建起来。不过慢慢地，只供军士娱乐的勾栏又实现了功能转变，百姓们也可以同乐，成为临安市井文化的一部分，由此，勾栏渐渐兴盛起来。

自胡六郎懂事起，临安就已经建起了十几个瓦舍，每个瓦舍又包括十几个勾栏，勾栏中除了表演技艺的艺人，全是熙熙攘攘的看客。同时，每个勾栏中的表演栏目几乎是连轴转，从白天演到夜晚，从春天演到冬天，没有歇业的时候。

演艺场所这么多，依靠技艺混饭吃的艺人自然不胜枚举，相扑、悬丝傀儡、影戏、说话、商谜等行业也都慢慢入驻此地。为了吸引客人，勾栏中还兴起了许多商业活动，卖药的、卖卦的、剪卖纸画的……应有尽有。

胡六郎之所以选择拜师成为勾栏艺人，全因为这个行业收入可观——不论是北宋还是南宋，只要艺人技术精湛能够赢得百姓喜爱，就能赚取高昂的演出费用。关于勾栏艺人收入高这件事还有一个故事：

宋孝宗时期，一名屈姓女子由于自幼父母双亡失去经济来源，只能跟随舅舅居住。然而，她的舅舅只是寻常百姓，无法一个人赚取一家人的日常开销，只能将她送进当时南京最大的新瓦当学徒，跟随师父学习乐曲与舞蹈。她吃住全在新瓦，无需担忧衣食问题，日常训练也异常刻苦。

十年后，这名屈姓女子学成技艺，不再跟随师父演出伴舞，而是自己独立演出，谱写新曲。不仅如此，她还将传统舞曲《柘枝舞》加以改编，为新瓦吸引了众多观众。改编后的《柘枝舞》甚至成为新瓦红极一时的流行舞蹈，每天演出七八场依然看客如云。为了感谢这名歌伎，也为了挽留人才，新瓦的老板除了给她发放固定工资外，还有每场舞蹈的分成，光是分成就有二十多贯。

按照《宋史·食货志》推算，宋乾道三年（1167），江南的米价是两贯五百文每石，每石米约重九十斤，即使利用现代物价换算也有人民币二三百元，所以当时的一贯钱大约为一百元人民币。以此类推，这名屈姓歌伎的每日分成约人民币两千元，可见她的收入很高。

胡六郎熟知这个故事，也深知并非所有艺人都有这么高的收入。然而，他明白只要学成出师，演出费用供养家人绝对绰绰有余，正是怀了这样的心思，他才入行商谜。但形势瞬息万变，商谜行业竟然在他这一代实现井喷式发展，能人辈出。

在这种大环境下，胡六郎感到紧张是正常的，毕竟现在行业内正兴起一种淘汰机制。虽然胡六郎的表演能力毋庸置疑，但目前在临安城内能被百姓叫出名字的商谜艺人还有魏大材、张振、周月岩、蛮明和尚、魏智海、小胡六、东吴秀才、张月斋、陈机和尚、王心斋、马定斋、陈赟等十二人，他并非个中翘楚。

胡六郎目前供职一处勾栏，拿着不低的报酬与赏钱，但这份工作并非是人们想象中的铁饭碗。入行的人越来越多，观众们对表演质量的要求也逐渐提高。如果胡六郎的表演不能吸引客人，他就会被迫从瓦子艺人（固定娱乐场所的艺人）变成路歧人（穿州过府浪迹江湖的艺人），前者有报酬和赏钱，后者却只能在瓦舍外的路边空地设下场子演出，赚取微薄的生活费。

勾栏之所以能够昼夜不停地运营，全靠优质的排班制度，每天的安排都是一张节目单，什么时辰该哪名艺人上台表演都写得清清楚楚。今日照例轮到胡六郎上台表演了，为了开场顺利，他早早就来到勾栏布置。

他到勾栏打卡上班时，几名乐工已经在戏台后面的戏房开始演练今天的曲子。相熟的一个乐工看见胡六郎，直道："来啦？"胡六郎也开心地回道："来啦！"

勾栏里跑堂的正抽空去大门入口处贴上花花绿绿的"招子"，上面写的是今日这所勾栏的节目单。招子有招揽客人之效，除了节目名称，有时还会写上艺人姓名，但只有胡六郎这样的知名艺人才会出现在招子上，可见明星效应早在南宋就已经被运用纯熟。

登台演出当然要按照脚本进行

前一场演出结束后，成群的观众纷纷散去。直到勾栏跑堂的将新招子挂在门口，奔着胡六郎来的百姓又陆陆续续买票入场，只是乐工练习一首曲子的工夫，底下便座无虚席。

还没到演出的时辰，于是胡六郎和乐工们还在戏房里排练当天的节目。因为在商谜表演开始前，乐工们需要敲鼓板，吹奏《贺圣朝》乐曲，并且演出中也会有音乐伴奏，所以必须提前排练。

《新绘梁山伯
相送祝英台》
（后）

吹奏《贺圣朝》已经成为商谜演出的传统，起初这一举动只是为了招揽观众。后来这首曲子就成了商谜表演的代名词，只要百姓路过某个勾栏时听到这首曲子，立即心领神会——这家勾栏正在演出商谜。

《贺圣朝》原本是北宋流传下来的曲牌名，因常有文人依照韵律为其填词，久而久之，在人们潜意识中，它就成了词牌名。填写歌词后的《贺圣朝》深受东京歌伎们的喜爱，若是遇着才华高妙的人为其填词，则流传更广。众多《贺圣朝》中最令人叹绝的当属宋人张先所写：

> 淡黄衫子浓妆了，步缕金鞋小。爱来书幌绿窗前，半和娇笑。　谢家姊妹，诗名空杏。何曾机巧。争如奴道，春来情思，乱如芳草。

胡六郎他们与歌伎不同，无需唱出词句，只要按照《贺圣朝》的音乐谱式吹奏即可。乐工需要排练，他作为商谜的主要表演者，当然也少不了这一步。商谜演出几乎每场都有篇幅不小的脚本，他必须将这些文字一字不错地背下来，还要仔细琢磨表演时的语气与神态。同时，胡六郎要照顾观众们的情绪，还要避免忘词和冷场。要是出现这两种大的演出事故，做艺人的不仅会被扣除表演费用，还会有损名气。

临安的瓦舍娱乐行业自从在宋高宗时期兴起，经历一百多年的发展，到胡六郎这一代已然成为城内的支柱行业。不仅如此，瓦舍的发展也提高了临安的就业率，除了为干这一行的艺人提供生存机会，还创造了许多新的岗位。书会里那些地位较低的底层文人，他们或出于兴趣或出于谋生，常兼职勾栏"编剧"一职，他们为一些在公共场所"说话"的人编写脚本。

胡六郎面对的观众几乎都是平头百姓，他所拿到的商谜脚本并不深奥，但即使是浅显易懂的脚本，他也无法自主创作。隔行如隔山，一个好艺人未必是一个好编剧。所以每场商谜的脚本并非胡六郎自己所写，而是由临安城内专门的书会文人写的。城内原本就有很多不同性质的社团，既有南北垢斋与西斋这类谜社，也有底层文人聚集的书会，常被合称为"社会"。

北宋时期还有专设谜场的谜人自制谜语，也有像丘机山这样远近闻名的猜谜高手。但胡六郎他们这种有组织的商谜艺人通常是背下书会文人写成的脚本，在与观众的互动中加以运用。

他所表演的商谜就像古代版的打灯谜活动，也沿用了"俳优"（古代以乐舞谐戏为业的艺人）的一些表演手法。俳优的表演者大多地位低下，常常与侏儒、狎徒相提并论。有的能在皇帝面前献艺，有的为军队服务，更多的则是游走于民间混口饭吃，其中著名的俳优郭舍人还被司马迁写进了《滑稽列传》。

观众席已经人满为患，胡六郎的演出也正式开场了。乐工们整理好乐器走出戏房，穿过"鬼门道"（戏台与后台的戏房相通的一条路，供演员进出），引路人早已为他们撩起隔绝戏台与戏房的"神巾争"。他们井然有序地走到观众席旁的乐床坐下，将手中吃饭的家伙拿稳，指挥一示意，就整齐地演奏起了《贺圣朝》……

曲子临近尾声才是胡六郎出场之时，撩开"神巾争"，眼前就是观众们齐刷刷的目光。乐曲停了，场内异常安静。

胡六郎清了清嗓子，一段开场白脱口而出："很高兴今日这么多人来看我表演商谜。上台先自我介绍一下，我姓胡，熟知我的都知道我排行第六，艺名胡六郎。等会儿，有的观众竟然看向门口了，看来我得赶紧进入正题。"

观众席上哄笑一片，待笑声渐悄，他才再次开口："诸位看官，打谜开始：上不在天，下不在田。中心藏之，玄之又玄。你们可得好好想想。"

话音刚落，观众席上瞬间响起议论之声，更有甚者直接大声喊出心中所想，却换来胡六郎的摇头否定。有的人皱眉静坐着，思索谜底；有的人听见背后的人分析得头头是道，赶紧转过身去一同讨论；有的人则是悄声与好友商猜谜底。以上议论的场景不过持续几分钟，商谜的主动权又掌握在胡六郎手中了。

随着一声鼓响，众人又看向戏台上的胡六郎。

"老规矩，我是商者，提出谜语，大家也要派个代表作为来客（与商者对猜的人），与我互猜。"

观众中有擅长猜谜的人，纷纷自告奋勇举手，表示他就是那个来客。面对这种正猜（来客索猜）场面，胡六郎从这些人中随机挑选了一位，再次重复了自己的谜题："这位看官请再听一遍：'上不在天，下不在田。中心藏之，玄之又玄。'"

来客嘿嘿一笑，朝观众席上环视一圈，挑衅道："这可难倒我了，你再容我想想。"说着做出皱眉沉思的模样，想要愚弄胡六郎。"假作难猜"可是商谜表演中的常用把戏了，胡六郎不相信他真的猜不出，观众们也不相信。

"您这戏演得还真不错！"胡六郎适时地说出了观

《全家福图》
灯面绘图

众的心声，同时乐工们也开始奏了一小段欢快的曲子映
衬目前的搞笑场面。有观众趁此机会调侃来客："哥们儿，
实在猜不出就赶紧换人啊。"

　　不一会儿，那名来客突然做出恍然大悟的模样，他
又嘿嘿一笑，环视观众席，示意大家安静。勾栏里一静，
胡六郎的声音就响了起来："来客可是想明白了？"

　　"想明白了，只是直接说出谜底未免无趣。不如这样，
商者，我说两句话，你看看我这谜底是否恰当，可行？"

　　"当然，请！"

　　来客立即念出经自己改编的谜底："自东自西，自
南自北，无思不服。不知恰不恰当？"

　　听完来客的回答，观众席上有人叫了声"好"。不
过那些连商者的谜都没琢磨明白的人，对于来客的新谜

更是一头雾水。

"上不在天，下不在田。中心藏之，玄之又玄"是胡六郎出的谜，指的是蜘蛛这一常见动物。"自东自西，自南自北，无思不服"是来客对应他的谜所出的新谜，"无思不服"又可念为"无丝不伏"，指的也是蜘蛛。胡六郎明白这名来客已经猜中谜题，但如果就此结束这一轮商猜，节目效果就会大打折扣。

"诸位，这谜底便是房上的蜘蛛，来客你是不是听过这个谜，这么迅速猜出还另起新谜，说之前没有听过，倒是难叫人信服啊。不如这样，观众们，我再打一谜，还是他作来客怎么样？"

底下观众见揭晓了谜底，又联想谜题，顿时觉得那名来客猜谜水平实在高，又听见胡六郎后半句，纷纷赞同，都想看看这名来客的真本事。

此时，坐在乐床上的乐工们又奏起一段曲子来，欢快跳跃，激动人心。

"这一回合不如由我出题，如何？商者你敢不敢？"第二回合照例应该由胡六郎出题，那名来客却选择主动出击。

"自然是敢的，你说。"

"斫头便斫头，却不教汝死。抛却亲生男，却爱过房子。商者可商此谜？"来客仅思索片刻，便说出这等诗谜来，观众席中又是一片哗然，更有人悄声猜测他是位文思敏捷的秀才。

胡六郎在戏台上踱步，口中念着来客所出谜题，突然问道："来客，准许旁人猜吗？"答案是必然的，商谜有一套独特的猜谜方法，其中一个便是"横下"，就是允许旁人参加猜谜。

经过来客的允许后，猜出谜底的人们就坐不住了，观众席上响起好几声此起彼伏的"蹴鞠"。确实，这名来客的谜底便是"蹴鞠"这项体育游戏。

接下来的猜谜过程大同小异，虽然偶尔有超出胡六郎预计的事，但他始终把控着演出的节奏，一切按照脚本进行。

演出时间到了，乐工们吹奏结束乐曲时，观众们才意犹未尽地离开勾栏，一切又回到了胡六郎刚来上班时的样子。

本章谜底：
1. 元宵灯球
2. 拐杖

参考文献：

〔宋〕周密：《武林旧事》，王国平主编：《西湖文献集成》，杭州出版社，2004 年。

第八章 谜语：

非衣两把火。——打两字

元代沉寂的灯谜
还有星星之火

禁火令之下，灯谜找到
新"宿主"——元杂剧

元至正十一年（1351），上元节前一天，杭州城内外都弥漫着一股沉闷的气氛。西湖这年雪少，天边堆着红云。

这种血红色的落日，在杭州的冬天很少见。杭人虽然一清二楚，却只能在心底怪异，不敢在街上交头接耳。只是又瞅了一眼那诡异的太阳，便低头匆匆行路。

路上行人都不愿意左右张望，独有一人例外。

这人装扮与众不同，肩头挂着一根竹杖，披瓢笠，脚上趿拉着一双芒鞋，边走边随兴吟诵诗歌，好像饮过一顿大酒，身上却又没有酒味。

这样的闲适状态，让人很恍惚，他是不是近三百年前，苏东坡在沙湖道中留在人间的"影子"？

这个苏公的"影子"丝毫不介意旁人所想，斑斑白发被盘起来压在了帽子底下，身上红霞流动，竹杖轻斜。西湖茶摊的小贩常见他，每每清风好日，他都是这杭州城里最独特的风景。不过小贩不知道他姓名，见到他，就以"官爷"招呼。

这位官爷名叫萨都剌,是诗人、画家,生于代州雁门(今山西代县西北),秉性里却没有千沟万壑的风沙,独爱苏杭软景,心思细腻,下笔就是伤怀千古。

和偶像苏东坡一样,萨都剌曾因为弹劾权贵,累迁数地,江西、福建、河北都去过了,见过大江大河,也见过绮丽山川,老来挑中杭州这块宝地养老,除了偶像东坡居士的"滤镜",想来还是看重它的人杰地灵。

再来说这怪异——

在赵家江山易主以后,因元主对杭州的"区别对待",杭州地区的政治和文化都受到了严重冲击。

和全国其他城市一样,杭州庶民只被允许穿暗花纻丝,富贵人家,顶了天穿点绫罗绸缎、披件皮草,不能乱穿黄色衣服、戴金玉装饰的帽子,鞋子上也不允许有绣花。除此之外,元主还颁布了令杭人窒息的宵禁制度。

宵禁期间,禁火、禁喧哗、禁私自聚会,除了生病、生产和家里有人死亡等特殊情况,都不能随意外出。杭州全年,只有两天时间能够尽兴地张灯结彩,就是上元节,正月十五、十六夜。比起前朝的一周狂欢,时长缩水严重。

因为统治者颁发的重重"红头文件",杭州市民活命艰难,压抑得太辛苦,到了正月十五、十六夜,也不敢随意乱挂花灯,怕惹杀身之祸,前朝过节时的歌舞升平,慢慢也褪色了。

这才有了开头众人低头匆匆行路那幕。

　　而萨都剌这人却一直很向往书里写的那些前朝旧事，奈何只以他一人之力，终究无法阻挡这场断崖式的文化下跌。何况他一辈子都只是小官，郁郁不得志，只能靠闲笔写出几句谜语，聊以自娱："开如轮，合如束，剪纸调膏护秋竹；日中荷叶影亭亭，雨里芭蕉声簌簌。晴天却阴雨却晴，二天之说诚分明，但操大柄常在手，覆尽东西南北行。"

　　这首简单干净的诗谜，谜底是一件日常用品：伞。

　　在江南，百姓多用油纸伞。但元主不解油纸伞下的款款风情，用了最牢固的锁，靠控制和压榨，把赏灯猜谜这一民间活动关入牢笼。

　　因这"制度的牢笼"，灯谜这种娱乐活动也开始一年都见不到几次，杭州的灯谜文化也一直未能有机会发

油纸伞

展。此消彼长的规律适用于所有领域，元代，诗词沉寂，另一个文艺活动，却以迅雷不及掩耳的速度攻占了南北两岸。

它就是灯谜新的"宿主"——元杂剧。

自从元杂剧在这里兴起，萨都剌也逐渐爱上了这个新的文学形式。

这天，萨都剌矮身进酒店，台子上正演着《王月英元夜留鞋记》第二折：

一名书生模样打扮的小伙子刚刚出场，上前唱道："小生名叫郭华，自从在胭脂铺中与那家的小姐有过几面之缘，相互都有倾慕之意。只是大家都没有捅破那道窗户纸，正当我在想怎么开口时，没想到那家小姐的侍女梅香送了一封她家小姐写的书信来给我。信里说是让我上元节到相国寺的观音殿见面，一起去赏灯猜谜，想想还真是有点激动！今晚正值上元佳节，受朋友邀请多喝了几杯酒，诸位帮我看看这是不是观音殿？"

台下纷纷起哄："是啊！"

这时，两位妙龄女子出现，一位先开口了："妾身名叫王月英，原本和郭秀才约好了在这上元佳节一同赏灯猜谜，却不小心有事耽误了。"转头又向另外一名女子说："梅香，现在只怕是耽误了我与郭秀才约会的时间。"

这时旁白起：此时正好二更天，街上行人还来来往往，四处闹声震天哩！

梅香对王月英说："夫人让咱们看完灯早点回家呢！"

"你看这良辰美景,要是不去赴约,岂不是辜负了？"王月英脸带遗憾。

......

台上的演员且唱且跳,萨都剌看得起劲,把竹杖一放,看得拊掌大笑。

这整部作品讲了一对男女从相识相约到相知,而第二折主要讲的就是他们相约的过程。这一对男女偶然结缘,后相思成疾。她的侍女看不下去了,便帮小姐邀约才子在上元节灯谜会上相见。他们在元宵灯会上看灯猜谜,这样,最终才成就了一桩好事。

萨都剌看台上的人表演看得认真,完全没有注意到,此刻在他旁边坐下来一个打扮朴素的老年人——这个老年人须发皆白,但举止却像年轻人一般跳脱。

这个老人就是钟嗣成,是编创元代剧作家"花名册"《录鬼簿》的文学家。

这个时候的百姓们,因为不能在现实生活中享受到灯谜带来的乐趣,就将对灯谜的热爱转而倾注在杂剧当中。他们让许多美好的故事都发生在上元节的赏灯场景当中,这无不寄予了创作者对灯谜的执着与怀念。正因如此,也让灯谜不断融入文学作品之中,而不仅仅只是出现在临安百姓的风俗、娱乐活动中。

钟嗣成和朱士凯因灯谜结缘

谜事活动一定程度上本就属于文学活动，所以往往是靠文人学士来推动的，灯谜在元杂剧中的发展也不例外。在元杂剧中，作者较多借用灯谜或是与之相似的表现手法来插科打诨、讽刺世情。

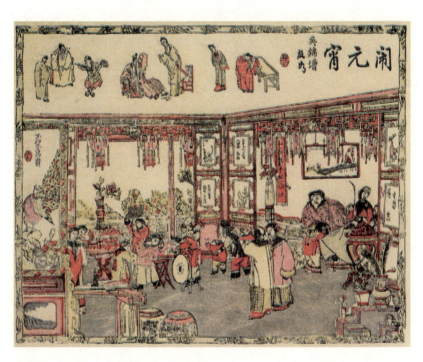

吴锦增年画店刻印的《闹元宵》

这个时期，虽然灯谜等活动因为大环境的原因很少"能见天日"，转而在杂剧中发展。但有的爱谜之人，仍旧会自己在家将编写灯谜作为一种兴趣，悄悄地编写谜书，并且他们偶尔还会聚在一起进行猜谜活动。

在钟嗣成的著作《录鬼簿》第二卷中就有记载，聚集杭州的杂剧作家们编纂谜语的数量颇多，这些人就是聚会的主要人物。

而这个编写谜语爱好者"花名册"的钟嗣成本人，也是一个隐语"十级"爱好者。不过和他的好朋友朱士凯比起来，还能算是个"理智粉"。

浙省掾史朱士凯，才算是杭州城谜语粉丝组织的头目！他甚至呕心沥血收录了当时各位名家广为流传的谜语，归在人物类，和天文、地理、花木一起，编辑成书，取名《包罗万象》。

现在就要转回到台上正在唱《王月英元夜留鞋记》的第二折，正看剧看得起兴的萨都剌突然转头看见钟嗣成放在手边的《包罗万象》。萨都剌的打扮引人注目，所以钟嗣成才在满座衣冠中挑了他旁边的位置坐下。

钟嗣成见萨都剌眼神定在了"包罗万象"四个字上，举茶杯敬向他："先生想必也是好谜之人？"

萨都剌常年迁谪在外，不像钟嗣成长居杭州，所以和他交集不多，今日酒店中一聚，全靠缘分，举杯回敬他："只是略知一二。"顿了顿，回问："先生难道是朱先生知己？"

钟嗣成倒是一愣，能从书名就看出作者的，只有圈子里的熟人，但是钟嗣成对于萨都剌全无印象。

萨都剌于是笑着解释，当年他还在杭州做官时，朱士凯算是他的同僚。后来他迁谪辗转于大江南北的那些年，因为自己乐于搜集谜语相关的消息，间或，也听到过一些朱士凯的雅事。

钟嗣成闻言，喜上眉梢，没想到能在这里遇到同道中人。于是他招呼店小二立刻撤茶上酒，和萨都剌大聊自己和朱士凯因谜成缘的往事。

原来，朱士凯和钟嗣成一样，都是身份不高、偶尔搞点文艺兼职的"杭漂"。但不同的是，朱士凯好歹还是个江浙行省掾史，真金白银的朝廷命官。朱士凯从小就是个气质独特的文艺少年，孑立不俗，少有人和他合得来。不过他却根本不在意，一门心思全在学习上面，慢慢地，就算不怎么和人交流也还是习惯了。只是没想调任杭州后，倒是和钟嗣成交上了朋友。

钟嗣成祖籍东京（今河南开封），还没有成年时，就已经生活在杭州城了。他生性开朗，交际广泛，是很多元杂剧名家的朋友。这两个人的友情能"一键开启"，还是因为灯谜。

那年朱士凯第一次到杭州，刚把手上的工作交接完，就赶上了上元节。杭州当时是很多剧作家的聚集地，大家没事的时候吃个饭喝个茶，交流交流创作进度，过节时也会玩游戏作乐。

朱士凯原本是不爱往人堆里扎的，奈何他单位的新同事非要拉着他去参加聚会。朱士凯初来乍到，实在是不好意思拒绝，只好硬着头皮去参加。

打点行装后，朱士凯和同事缓步穿过杭州城的主街，天刚刚擦黑，同事有一搭没一搭地和朱士凯闲话。这谈话的内容上至单位领导的行事作风，下至西湖边上的一棵柳树，朱士凯听着，点头回应。同事是个乐天派，和谁都能聊得热火朝天，没想在朱士凯这里碰了壁，几番想拉近关系，未果，就识趣地住了嘴。

两人沉默行路，朱士凯也没有觉得尴尬，行人稀落，似有三两绮丽的灯光从两边的高楼剥落。朱士凯一愣，抬头看，原来是他眼花，错将寻常灯火认成了今朝的乐事。

朱士凯这一出神，也就不自觉停下步子。

"欸，这就是你们新来的那位三岁能背唐诗，五岁可识千字的大才子啊？"

朱士凯冷不丁被人呛了一口，倏地抬头，看到了钟嗣成站在酒店门口。

被调侃的朱士凯绷着脸，没有说话，对方于是又玩笑般地跟了一句："你们这才子，莫不是个哑巴？"

朱士凯对这个叫钟嗣成的人第一印象并不好，觉得他放浪形骸，游手好闲，有事没事就爱瞎白话。忍着没有转身就走，已经是朱士凯绝佳的风度了。

没想到在聚会上，钟嗣成拾前朝遗风，即兴出谜，颇具文采。朱士凯因为灯谜对钟嗣成刮目相看了。

当天聚会，一屋子文人点了盏小花灯，每人都写一则灯谜。花灯在每个人手中轮转，轮到哪一位，哪一位就将自己的灯谜贴在灯上供众人猜射。

142

钟嗣成记得只有朱士凯当天没有写灯谜，只是操着副局外人的姿态坐在一旁观望。朱士凯寡言少语，也不喝酒，姿态高傲，带他来的单位同事劝了两次，结果热脸贴了人家的冷屁股。

在座其他人对这个连地皮都没踩熟就敢甩脸子的朱士凯颇为不满，以为他仗着自己的官职比那个同事高些，就瞧不上他。

有人冷哼一声，当即写下一个谜语："木寸、马户。"

这是个截自《西厢记》的谜语，满座尽知谜底，但一屋子人还是争相猜射，兴致盎然。不约而同地，猜时都要加上姓氏，有说"木村驴"的，有说"林村驴"的，还有说"诸村驴"的。

朱士凯表面不以为意，却捏紧了拳头，在心里暗暗决定要和同事断绝往来。

钟嗣成瞥了出谜的人一眼，拿笔在纸上写了三个字："钟村驴。"写罢，摔笔，他笑骂："看不惯我就直说，别拐弯抹角地来！"

出谜的人一愣。

钟嗣成没等他回神，就抓起笔，即兴写了条谜语："人可，木寸，马户。"

刚才出谜的那个人就姓何。

当天晚上，差点发生性质恶劣的斗殴事件。幸好组局的人八面玲珑，不想让众人难看，几句话把这件事遮了过去。

大家不愿招来官兵，纷纷咬着牙作罢。气氛降到冰点，一屋子人自动散成两派。一派跟着钟嗣成，一派跟着出谜人。

空气凝固，一直沉默的朱士凯站起了身打破尴尬，声音很慢："我有一谜，还请诸位共商。"

全场的人再一愣。

朱士凯的同事率先回过味来，忙不迭救场："对，士凯都躲旁边看半天热闹了，也该给出个谜语让我们乐乐。"

朱士凯不等众人反应，就提笔开写："一月复一月，两月共半边；上有可耕之田，下有长流之川；六口共一室，两口不团圆。"写罢，补充："打一字。"

钟嗣成讲到这里，对萨都剌卖起了关子："他的这个谜底，是一个字，先生何不猜猜？"

萨都剌只是端起杯子大饮一口，笑回："重山复重山，重山向下悬。明月复明月，明月两相连。"

钟嗣成眼睛笑出小褶子，真是遇到第二个朱士凯了："我当时也是这么回他的。"

像"用"这个字谜一样，你来我往的以谜制谜，钟嗣成和朱士凯当天较量了好几轮都没有分出胜负。钟嗣成和朱士凯后来在笔墨间也经常切磋谜语，一来二去，两人就处成了朋友。

　　萨都剌听得饶有兴致，见钟嗣成讲着讲着，突然一顿，没了下文。

　　萨都剌直觉不对，也跟着停下了拿酒杯的动作。

　　台上的杂剧演完了，演员有序退场，客人们窸窸窣窣的，也都跟着起身。此时天已经黑了，杂剧看完，上元节还没到，不宜在外面过久逗留。

　　店中客人渐散，钟嗣成却长久没有出声。萨都剌刚伸手去拿最后一杯酒，就见钟嗣成把书翻了个面压在桌子上："士凯兄那个时候真的很喜欢灯谜，杭州城里人人皆知他搜集灯谜的那些趣事。"

　　萨都剌没有立刻接话，接着听他说下去："他死的时候，也是因为灯谜。"

1988 年元旦之夜举办的春江水灯会

钟嗣成叹气，言简意赅，"就是昨晚深夜，正月十四，他私自和家人放灯写谜，被宵禁的人抓住……"钟嗣成并没有把话说完。

萨都剌却听懂了：想是朱士凯倔强，被抓住时肯定不会认错，朝廷命官知法犯法，下场从来没有好的。三审问、三拷打，朱士凯没挨住，就这么去了。

所以钟嗣成今天才特意带着这本《包罗万象》出门吧，沉默良久，萨都剌抓起酒杯一饮而尽。

"想想那个时候虽然因为政策的原因，没有了以前那种繁华街灯的景象，正式的猜灯谜活动恐怕一年才能举行一次。但我们这些爱谜之人，闲来还是会聚在一起重温往日。"钟嗣成捋了捋自己的胡须。

"只叹不能在那时就遇见您！要不然，我还可以和你们这些灯谜高手一起猜射灯谜呢！"萨都剌不无遗憾道。

两人出酒店时，天已黑尽，西湖边挂着零星几盏灯，不像过节的氛围。萨都剌禁不住想，以前这西湖边上张灯结彩，第二天还要专门差人整治周边环境，到底是个什么情形呢？

本章谜底：
裴炎
出处：关汉卿《钱大尹智勘绯衣梦》。

释义：钱大尹从受害人口中得知四句暗藏杀人凶手的谜语："非衣两把火，杀人贼是我。赶的无处藏，走在井底躲。"他据此推断杀人凶手姓裴名炎，或者姓炎名裴。

参考文献：

柯劭忞：《新元史》，上海古籍出版社，2018 年。

〔明〕宋濂：《元史》，中华书局，2016 年点校本。

第九章谜语：

1. 二二之十，古之一，左七右七，横山到出，得了一，是为之壬之一。——打七个字

2. 倚阑干柬君去也，眺花间红日西沉。闪多娇情人不见，闷淹淹笑语无心。——打一字

第九章

风靡朝野的
明代灯谜

皇帝陛下也爱猜灯谜

斗转星移，元朝末年纷飞的战火渐渐熄灭，明朝建立。但仍然有零星的火花时不时借势爆发，提醒初登宝座的朱元璋不能放松警惕。怎样才能让百姓安定下来，不再起义反叛？这段时间，他一直苦思冥想的就是这个问题。

几天过去了，一个绝佳的主意在朱元璋的脑中成形。从前他就见过灯市的热闹繁华，灯会上一张张喜气洋洋的脸庞无不在诉说国家的强盛安宁！

还有什么能比万人齐聚共赏花灯、同猜灯谜的景象，更能体现大明王朝的和乐安康呢？新朝就得有新气象！

为了广布新朝恩泽，朱元璋下令召开的这次灯会时间很长。应天府中大小街道华灯闪耀，形形色色的花灯耀花人眼，迷醉人心。观灯少不了要猜谜，在精致的花灯前，人们三五成群，纷纷猜测着灯主人挂出的谜题。一旦心中有了答案，就会急忙呼喊出来，生怕周围众多的"对手"抢占先机，赢得彩头。

因灯会举办时间较长，在灯会举办过程中，四周不少的百姓听说新都应天府正举办着盛大的灯会，纷纷携家带口前来观灯。

大家都希望凑一凑这久已未有的热闹，让这象征着富贵安康的繁华灯会抚平在战火离乱中受伤的心绪。随着时间的流逝，灯会上的人不减反多。灯会上的热闹景象，一传十，十传百，百传千……好些人因住得太远，只能借助人们口口相传的内容在脑海中凭空想象这场盛景。经此事后，老百姓们很快对富庶强大的大明朝有了归属感。

明太祖朱元璋的目的实现了，可他很快明白，这盛世的灯谜中有的不仅是歌功颂德，还潜藏着人间百态和世道人心，这道理朱棣也很清楚。

皇太孙朱允炆敌不过叔叔朱棣的雷霆手段，龙椅传到朱棣的手上。因这皇位毕竟来得名不正言不顺，朱棣深知朝野内外有许多人对自己"谋逆篡位"的举动不满，但他绝不允许这些不满动摇自己的龙椅！

他以铁血手腕控制整个帝国的言论和文化，使得对自己不利的声音逐渐消失。但疑心很重的朱棣没能够高枕无忧，他日思夜想，不断寻找自己统治之下存在的漏洞，差点就忘记灯谜这种在民间广为流行的媒介手段。

朱棣明白很多话并非只有直白地说出才能挑动人们的情绪，借由更为隐晦的灯谜公之于众亦能引起轩然大波。如果对这些长堤之下的"蚁穴"漫不经心，自己的龙椅就得拱手让人。

他决定找寻几个在猜灯谜上颇有造诣的俊才，来帮自己探听探听民间有什么对自己不利的隐晦之言。早在朱棣做燕王时就已投靠在他门下的贾仲明洞悉了帝王的心思，他想起一个绝妙的人选来，或许这位好友正符合朱棣的期待。这个人就是杨景贤。

要说清这杨景贤的故事，必得先认真讲讲明朝时候上至皇帝高官下至平民百姓都热衷灯谜的景象。

明太祖朱元璋建立明朝后，天下初定，民心不稳。皇帝陛下随后亲自下令召开灯会以安稳民心。从此之后，上元节成为明朝的法定节假日，人们更是能享受到可媲美今日国庆节假期的十天超豪华假日礼包，这礼包就是官方扶持的从正月初八到正月十七的灯会活动，全国各地皆是如此。

有了官方的大力扶持，灯谜活动很难不发展壮大起来，就连明太祖朱元璋都很喜欢这项娱乐活动呢！

《米家书画》
灯面绘图

一年过去，元宵佳节又如期而至。朱元璋很高兴，眼看春节快结束了，整个帝国像春天里嫩绿的树苗，正欣欣向荣地蓬勃生长着。于是他下令，在秦淮河上燃放花灯万盏。一时间，皎洁的月光、灿烂的灯光和秦淮河上的水影交相辉映，两岸的人们久久不能回神，以为自己到了神仙的世界。他们在赏灯的同时，自然忘不了猜灯谜。

朱元璋想借机去看看，在他的治理下百姓是否已经过上好日子。于是他换上便装，叫上几个武艺高强的侍卫陪同他出宫观灯猜谜。

灯会上五光十色、形态各异的花灯高悬，街市上亮如白昼，鼓乐声不时响起，人群中笑闹不断，已有盛世气象显露。

看到这一切，朱元璋喜上眉梢。百姓和乐，这不正是自己的功劳吗？这富贵祥和的场面，不正是自己勤勉于政的成果吗？

看到花灯上悬挂着的灯谜，朱元璋兴致来了，作为一个猜灯谜和出灯谜的好手，这种热闹他怎么会错过。猜出几个灯谜，赢得店家的彩头后，看着因损失财物而有些苦恼的店家，朱元璋乐了。他心想：这不正说明自己猜谜的水平高，把原本自信满满的店家都打击到了。也不能让店家吃亏，买他几盏花灯就是。

朱元璋一边示意身后的侍卫付钱，一边取下一盏精致的花灯，看着店家因有生意上门而重新换上一副笑脸，朱元璋失笑地摇了摇头。他顺手将花灯递给另一个侍卫，然后一行人继续向前。

不多时，朱元璋突然停在一盏花灯前，侍卫连忙站定，护卫在他身边。原本侍卫以为皇帝猜灯谜的兴致又来了，但很快发现并非如此，此时朱元璋原本洋溢着喜悦的脸忽然变得阴沉，看起来令人胆寒。

侍卫吓了一跳，连忙抬眼向那花灯看去，只见那灯上画着一个妇人，怀中抱着一个绿油油的西瓜。怪的是，这妇人没有穿鞋，露出一双大脚。侍卫左想右想，也不知道皇帝为何突然动怒。

朱元璋立在画有妇人的花灯下足足一刻，脸上神色变化不停，双手微微颤抖。突然间，朱元璋闭了闭眼，再睁开时，眼中闪过一丝血光。他回头看了看侍卫，侍卫不敢与朱元璋对视，连忙垂下了头。

"回宫！"朱元璋想起自己身在宫外，不宜发火，只用低沉短促的声音招呼了一声，然后一行人匆匆离去。原本斗艳争辉的各色花灯瞬间失了颜色，在朱元璋铁青的脸色下，侍卫大气也不敢喘，生怕不小心犯下什么错，惹得这条真龙将怒火倾泻在自己身上。

第二天，朱元璋下了一道密诏。一队士兵匆匆出宫，前往昨夜悬挂那盏花灯的人家，破门而入。只听得房内先是几声短促的惊叫，然后哭声响起，很快就连哭声也没有了。周围一片死寂，有浓重的血腥气飘散而出。

胆大的邻人偷偷张望，却被从屋内闯出的军士吓了一跳，连忙避开。幸运的是，那些军士并没有理会周围的百姓，一路匆匆，回宫复命去了。

半天后，才有人鼓起勇气，踏入那户院子，想看看究竟发生了何事。不过很快，他就退了出来，骇得脸色一片惨白。周围的人向他打听，他抖着手，颤着唇："死了，全死了……"几个破碎的音节自他嘴里吐出。

原来是这门前悬挂的花灯使得这户人家遭此横祸。那花灯上的灯谜隐射的是朱元璋的结发妻子——马皇后。

"怀抱西瓜"解作"淮西"，朱元璋的发妻马皇后正是淮西人，这不就是暗指她吗？而当时高门士族女子皆好小脚，马皇后是贫苦人家出身，经常下地干活，故留了一双"天足"，所以有"马大脚"的戏称。

朱元璋对这位糟糠之妻很是敬爱，即便登基为帝，也没有迷失在后宫的一片美色中。他对马皇后的爱意从未减轻，拿她做谜取乐，能不使这位手握大权的帝王发雷霆之怒吗？

这次微服出巡给朱元璋留下了不好的回忆，却并没有就此磨灭他对灯谜的热情。他仍然热烈地支持民间各地的赏灯猜谜活动，虽然早已在暗地里埋伏了不少的眼线。

杨景贤因擅猜灯谜
而受到皇帝接见

朱棣历经九死一生后登上帝位，他父亲微服出访遇到的事给他留下深刻的教训。他觉得，连父亲那样的开国皇帝都有人胆敢以谜讽刺，自己"谋权篡位"的行径还能不被人指摘吗？

于是，他接受下属贾仲明的举荐，想会会这个叫杨景贤的猜谜达人。

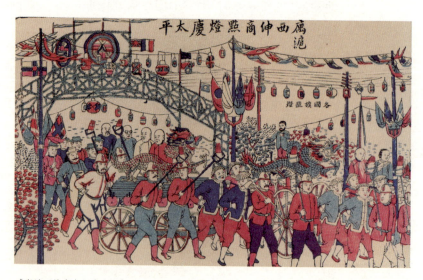

《寓沪西绅商点灯庆太平》

身在杭州府的杨景贤并不知道，一场意想不到的富贵即将降临在自己头上。

杨景贤是蒙古人，祖上并非杭州土著，家族中前代人因喜爱杭州的繁华，迁居到这里。杨景贤原不姓杨，他有个姐姐，嫁给了姓杨的镇抚。小时候，杨景贤与姐姐和姐夫一起生活，与他们感情十分深厚，索性也就随了姐夫的姓氏，改姓为杨。至于名字，原本是一个单字"暹"，后改为"讷"，又效仿汉人文士，为自己取了个"汝斋"的雅号。

杨景贤是个才华出众的人，爱热闹，经常在杭州的青楼酒馆中现身。他对那些才色皆备、身世可怜的青楼女子十分同情，并不顾及自己的身份，反而时时会写一些小曲儿赠与她们，让她们传唱，以此招揽生意。

虽然已经在杭州府生活了多年，但是杨景贤还是时不时惊叹于这里迷人的风光与热闹的场面——尽管与南宋时相比，他眼前的杭州已经黯淡了许多。

这天，杨景贤吃过午饭，照旧去城中游玩，走到一家酒楼门前，听着楼内传来的乐曲声，心头痒痒，脚下不知不觉就转了个方向，进入了这家酒楼。在店小二的热情招待下，杨景贤一边喝着名酒秋露白，一边看着台上正在上演的杂剧，时不时跟随曲调哼唱上那么一两句，心中畅快极了。

一台戏唱完后，酒楼内叫好声不绝于耳，热闹极了。杨景贤坐在那里，心绪还沉浸在刚才的戏里，久久才回过神来。酒不知道什么时候已经空了。抬头看看窗外，天色不早了，杨景贤站起身来，正准备离开，忽而又被邻桌的猜谜声吸引了过去。

要说这猜谜，北宋时候杭州府内的猜谜游戏就颇为盛行。后来东京城中那优雅华丽的花灯随着宋皇室一路辗转南下，在杭州府落地生根，同猜谜游戏千里相会，结成一对佳人——灯谜。从此以后，灯谜就在杭州府大行其道，上元夜众人争抢着观灯猜谜的场景年年上演。后来杭州历经战乱，到了今天，这熟悉的上元传统才重新回归。

熟悉杨景贤的人都知道，他有两大爱好，一是喜欢听戏写剧本，另一个嘛，就是这猜灯谜了。每年上元节，各处灯市少不了他的身影。有时候，因他猜中太多，得了店家太多彩头，纵使在节日里店家也忍不住黑了脸，让他到别处去！猜灯谜本是个乐呵事，店家和顾客你来我往才有意思，光是那客人一直猜中，店家不断损失，他到哪儿说理去？杨景贤成了杭州府灯谜市场的大名人，谁家要新制灯谜的，争相提前邀请杨景贤去猜谜：一是为了测试下自家灯谜的难易程度；二是请这位祖宗提前猜了，好叫自家在上元节时下得了台。

今日，看完猜谜的热闹，杨景贤总算离开了酒楼，此时天已经黑了，不过街上光线并不昏暗，林立的店铺门前悬挂有各式各样的花灯，虽无元夕佳节时那样种类繁多，令人惊艳，不过也足够供心情愉悦的杨景贤赏玩。

一边观灯，一边朝家走去，不知不觉间，杨景贤已到了家门外。回到家中，小童神色恭敬地递上一封书信，口中说："今日主人刚刚出门，就有一人上门，久等主人未归，那人留下这封书信就走了，临行前反复叮嘱，叫我一定要将这封书信交给您。"

杨景贤接过书信，让小童下去休息，自己拿着那信走到灯前坐下观看。信是好友贾仲明写来的，一开始杨景贤很放松，读了两行后，他的神色突然激动起来。原来，这信中所说，正是贾仲明向急求擅猜谜者的朱棣推荐自己一事，并嘱咐自己见信后尽快动身，在皇帝面前好好表现，争取给朱棣留下个好印象。

实现抱负的时候到了，杨景贤激动地想，哪个男儿不想出人头地呢？杨景贤很快动身前往大明都城，一路上，杨景贤都在琢磨，如何给朱棣留下良好的第一印象。既然皇上爱猜谜，那自己一定要拿出真本事来，好好出个灯谜证明自己的实力。

果不其然，当杨景贤见到朱棣后，这位权势日重的帝王并没有和他兜圈子，而是单刀直入地询问他在猜谜上有什么本事。

早有准备的杨景贤不慌不忙，在朱棣威严的目光下，出了一个绝妙的灯谜："倚阑干東君去也，眺花间红日

上元谒祖　引自《点石斋画报》

西沉。闪多娇情人不见，闷淹淹笑语无心。"

朱棣先是眉头一蹙，让人心中一紧，过了片刻，忽然大笑起来："好一个'门'字谜！"原来这杨景贤将灯谜的谜面以诗的形式表现出来，"阑"去"柬"，"间"去"日"，"闪"去"人"，"闷"去"心"，全都是"门"字，谜底正是"门"。

朱棣与杨景贤越聊越投机，心中对贾仲明的推荐很是满意，于是给杨景贤安排了个谜语顾问的职位，让他监督民间有无隐射朝堂的话，俨然把他视为了皇家特工，对他恩宠有加。就这样，擅猜灯谜的杨景贤成了御前的大红人。

本章谜底：

1.王吉妇得子为王

出处：〔明〕王文禄《龙兴慈记》。

释义：圣祖战偶失利，夜行宿妓馆。明发，语姓名题诗于壁曰："二之十，古之一，左七右七，横山到出，得了一，是为之土之一。"皆不能解。后生子，闻登极，录壁间诗，携子奏闻。即命工部造府，封子为王。其妇不召。见诗盖言"王吉妇得子为王"。

2.门

参考文献：

〔明〕张岱：《陶庵梦忆》，江苏凤凰文艺出版社，2019 年。

〔明〕张岱：《快园道古》，浙江古籍出版社，2019 年点校本。

〔明〕田汝成：《西湖游览志余》，上海古籍出版社，2018 年。

第十章谜语：

1. 问管仲。——打一字

2. 不用刀，只用篾，勒碎风，劈破月。——打一事物

第十章

灯谜的
自立门户之路

猜出一个灯谜就得一百两银子

　　《江震记》里有这样一句话描写杭州谜事："好事者，或谓藏头诗句，任人商揣，谓之'灯谜'，亦曰'弹壁'。""弹壁灯"三面贴题，由于是在灯上贴谜，便形象地称之为"灯谜"。明代时正式被命名，并且有了书面的记载，一直流传至今。

　　自宋代开始，每年的正月十五上元节，大街小巷都会张灯结彩，热闹非凡。人们沉浸在新春佳节一片喜庆安乐的氛围之中，春节中一项重头戏就是猜花灯上所贴的谜语。到了明代之后，猜灯谜已经成为元宵的习俗之一，各个阶层都参与进灯谜这一项活动之中，"灯谜风"大热。其中，不乏文人墨客在猜灯谜的活动中大放光彩，甚至还有人因猜对灯谜而赢得一百两银子。要问这人是谁，便是明代画家徐渭。

　　徐渭，字文清，后改字文长。他多才多艺，不仅是中国"泼墨大写意画派"创始人，开创一代画风，而且写过大量诗文，被誉为"有明一代才人"。同时，这位才子在猜灯谜方面也同样令人拍案叫绝。

　　一次，徐文长和友人正在杭州游玩，恰逢杭州一年一度的欢喜事——上元节。这一天杭州的大街小巷人满为患，商贾云集，店肆林立。稍微富有的人或骑马或坐轿，而平民百姓则三三两两结伴步行。

西湖边上每年都会举行大众喜爱的猜灯谜活动。即便有人出行之意不在猜灯谜，也会去活动现场感受那独特的节日氛围，瞧瞧谁又把常人难以解开的灯谜解开了。尽管冬天的湖边很冷，徐文长也打算跟随众人一同去西湖边上瞧瞧热闹。

到了举办猜灯谜的活动现场，只见西湖的岸边都挂满了风格各异的灯笼，远远望去，灯笼上写满了谜语。众多游人围在一起议论纷纷，徐文长同朋友走在其中，左右都迈不出脚。或许是大家猜谜的热情太高，徐文长竟觉得湖边没有想象中的冷。不远处的一盏灯引起了徐文长的注意，只见一人站在灯笼前，口出狂言："我的灯谜迄今为止还没有人猜对过，若今夜有人猜对我的灯谜，我便奖一百两银子给他！"

大家一听答对了灯谜可以把一百两银子拿走，瞬间炸开了锅！这可不是一笔小数目！周围的人或跃跃欲试或跟着起哄。正好，徐文长还在愁自己的钱不够花，听这盏灯的主人这么一说，便打算瞧瞧这是一个怎样厉害的谜语，值得这位出灯谜的人砸重金。

徐文长凑近细看，只见这盏灯谜是一副对联，上联为："白蛇过江，头顶一轮红日。"出灯谜的人指着旁边的一行小字说："大家要用谜对出下联，并且打一件生活中必用的物品。"徐文长看着这灯谜，略微琢磨一下："此灯谜的难度确实超过一般人的水平，难怪这位出谜的人舍得用一百两银子来引大家猜谜。"周围的人纷纷抓耳挠腮，一会儿就不断有人说出自己的对联，但都不正确。

〔明〕佚名《宪宗元宵行乐图》（局部）

眼看这样的情况还将持续下去，徐文长出场了。

怎么说徐文长也是明代的一位大才子，岂是一般人能够与之媲美的？即便在其他人眼里，答出这盏灯谜的谜底是困难重重，但在徐文长眼中不过是小菜一碟。他走上前，向出灯谜的人要来毛笔，潇洒地在灯笼上行云流水地写出了灯谜的下联："乌龙上壁，身披万点金星。"

看见徐文长给出的下联，在场的人都还晕头转向，不明所以。大家都议论纷纷，他们不知道徐文长表达的是何事物，希望徐文长能够将灯谜的谜底告诉他们。

一人站出来，朝徐文长拱了拱手，说道："不知这位兄台能否告知此灯谜的谜底为何？"徐文长也是一个痛快的人，他指着灯谜上的对联说："这上联谜底是油灯，下联为杆秤。"众人听了他的答案之后，恍然大悟，纷纷点头拍手叫好。

"今天真是长见识了！好！"

"没想到还有机会见识到如此精辟的对联！"

"这位兄台可真是好文采！佩服！佩服！"

……

　　不得不说，徐文长给出的灯谜比喻得十分生动形象。通常情况下，古代油灯的灯芯都由白色的线做成，灯油就如同江一样，灯线浸入油里面，不就像是一条白色的蛇准备渡江吗？至于"头顶一轮红日"，不就是灯芯头上的正在燃烧的火焰吗？再看徐文长说下联的灯谜谜底为杆秤，秤杆一般为黑色，人们每次用完之后便顺手将它挂在墙壁上，在油灯灯光的映射下，墙壁上乌黑的秤杆便散发出星星点点的光芒，这不就应了"乌龙上壁，身披万点金星"了吗？徐文长的比喻不得不令人拍手叫好。

　　这盏灯谜的主人见终于有人答出正确的谜底，脸上笑开了花，对着徐文长双手鼓掌、大声叫好："真是妙啊！妙啊！"

本就是元宵佳节，众人的兴致都颇高，或许这位灯谜的主人并没有想到，今夜竟有人能将这一盏灯谜解开。这灯谜的主人立刻应下他的诺言，毫不吝啬地将银子给了徐文长。看着徐文长双手接过银两，在场的人都向他投来了羡慕的眼光。但毕竟徐文长是凭自己的实力赢得这些钱财，大家也输得心服口服了。

灯谜的主人认为这是一种缘分，想知道这位解开谜底的人的名字，或许以后还能相见再一同制作灯谜。见徐文长要离开，他连忙上前道："不知我是否有幸知道兄台的名字？"徐文长听后，嘴角向上微微一笑，轻轻俯身在这盏灯谜主人的耳边，轻声说道："在下徐文长。"灯谜的主人一听此人竟是徐文长，恍然大悟，露出无比佩服的神情，再次充满敬意、双手作揖地说道："久仰先生大名，用银子换得先生的半副下联，真是荣幸至极，太值了！"

事情并没有结束，在这场灯会上，徐文长还解开了另一个灯谜。他是专攻常人解不出的灯谜。那个灯笼十分清淡简雅，上面贴的纸条也只写着简单的四句话："二人抬头不见天，十女巧种半亩田。八王问我田多少？土上加田有一千。"

众人读完之后依旧陷入沉思，而徐文长看完之后，却轻松地笑道："这有何难处？"大家看徐文长又知道了答案，便纷纷向前，问他："您且说说，这盏灯谜的答案是什么呢？"

这次，徐文长却没有痛快地告诉众人答案，而是卖了一个小小的关子，颇有些深意地说道："但愿人间家家如此。"说完，便潇洒离去。

听完徐文长的话，依旧有人不知所云。有一人细细地琢磨徐长文那简短的一句话，用了好长的时间才明白了其中的意思，感叹道："不愧是才子啊！"

原来，这一首诗的每一句的谜底都是一个字，将它们连起来便是"夫妻義重"四个字，难怪徐文长会说："但愿人间家家如此。"

脱离谜语家族的单身汉

灯谜有格，始于明末。

于谦出生在杭州府钱塘县（今浙江省杭州市境内），他不仅是一位民族英雄，也是一位廉洁正直的好官。《石灰吟》就是他托物言志的一首七言绝句，采用象征手法，字面上在咏石灰，实际上是在表达自己高洁的理想。

《石灰吟》其实是一首典型的诗谜，也是明代事物谜丰富的一种体现。在明代，诗谜与事物谜十分丰富，已经开始运用多种制谜手法，如拆字、会意、描绘等，还时常使用谐音。

对于这种难度不高，又十分有趣的名人诗谜，民间关于于谦作《石灰吟》的场面有诸多想象，其中一则传闻就将《石灰吟》的谜题性质与现实相结合，杜撰出于谦作《石灰吟》让三个书童前去购买的故事。

话说，在明朝年间，一日，于谦去石灰窑看如何烧制石灰，眼看原本颜色天然的石头在烈火焚烧后，竟然变成一堆白色石灰。他被眼前所见的景象震撼了，经过一番思索之后，他决定为此作一首诗。于是，提笔在纸上写下：

> 千锤万凿出深山，烈火焚烧若等闲。
> 粉骨碎身全不怕，要留清白在人间。

诗作刚完成，他便叫来了自家的书童，说："你得帮我跑一趟腿儿，至于要买什么，我已经写在这一张纸上了。"说着，他便顺手将自己所作的诗递给书童。从于谦手里接过这一诗作的书童读了一遍纸上的内容后，以为主人的意思是去买这本诗书，很快便答道："明白，很快就可以买回来。"

令人担心的事情发生了，这位书童跑遍了街上的每一家店铺，都没有找到主人写在纸上的这一本书，看来这一趟是白跑了。他两手空空地回到于谦身边，对他说："街上没有和这首诗一样的书卖。"

于谦看书童领会错了意思，便吩咐这位书童下去休息，转身叫来了另外一位书童。他对书童说了一样的话："你得帮我出去买东西，我已经把要买的东西都写在纸上了。"

书童见上一位伙伴毫无所获地归来，想必主人不是为了买书，而是要买其他的东西。他打开纸张，细细地琢磨了好几遍诗，内心有底地说道："这次应该不会错了。"书童胸有成竹地跑出了家门，没过多少时间，他便兴高采烈地提着大包小包的东西回来了。

于谦看书童这么快就回来了，想必一定是买到了自己在诗作中所说的东西，但他随后看见书童手里的东西，却微微地皱了皱眉头。此刻书童的手里正拿着一块磨刀石、一把铁钉子、半袋子麦子和半袋子豆子，并且笑嘻

杭州风俗 HANG ZHOU

〔明〕佚名《宪宗元宵行乐图》（局部）

嘻地看着他。

于谦挑了挑眉毛，试探着问道："你是怎么想到买这些东西回来的？"书童以为自己买到了主人想要的东西，便信心满满地对着于谦解释道："磨刀石经过千锤万击且来自深山；铁钉是铁打而成，即烈火焚烧若等闲；麦子磨成了面粉就是粉身碎骨全不怕；豆子被加工成豆腐，这不就是要把自己最后的清白留在这世间吗？"

书童一连串地说完自己对这首诗的理解，正等待着主人的赞许，哪料到自己根本就买错了东西。于谦笑着说："你能有自己的见解是一件非常好的事情，可我要买的不是这些东西。"

于谦的话仿佛给书童泼了一盆冷水。书童开始对于谦的诗作摸不着头脑，他挠了挠自己的脑袋，实在想不出主人到底想要买什么东西，便回到了自己的房间。

看着前面两位书童都没有猜中诗作的深意，于谦又

叫来第三位书童。这次，他也对书童说："帮我去买一样东西，要买的东西我已经在纸上写好了。"书童接过于谦手中的诗，见前面两位书童都没有买到主人想要的东西，正在房间垂头丧气着，他便打起了十二分的精神，生怕这次也没有买到主人想要的东西。

书童一遍又一遍仔细地读起诗来："千锤万凿出深山……要留清白在人间。"之后，书童还认真思考了好一会儿，于谦也没有说任何提示语，任由书童天马行空。

一段时间过去了，书童便背着一个箩筐飞快地跑出了门。于谦见状，心里暗暗一喜："难不成他知道了谜底？"果真，于谦见书童背着一箩筐的东西兴奋地跑回来，嘴里喊着："主人，买到了！"书童气喘吁吁地跑到于谦的身旁，麻利地将箩筐从背上取下来。于谦一看，高兴坏了，箩筐里装的正是这一首诗的谜底——石灰。

……

所以，要说经典，还得数于谦写过的这首七言绝句的托物言志诗，以诗为谜面，开创了诗与谜相结合的新天地。

明朝时期，灯谜的发展日益繁荣，成为大众所喜闻乐见的一种娱乐活动。尤其是文人雅士，由于灯谜比谜语更具有文学性和趣味性，他们对灯谜文化竟达到了如痴如醉的状态。一些简单的灯谜已经无法满足他们对灯谜的需求了。为了丰富灯谜的形式，增加灯谜的难度，研究和辑录灯谜的学者、专家也在日益增加。随之而来的是，一些灯谜专著或有灯谜篇章的书籍也纷纷出现在大众的视野中。

比如明代著名文学家、谜家李开先推出的灯谜杂著——《诗禅》，其中书语谜较多，谜目普遍较为大众化，谜底语句也较为通俗，谐音法谜作较多而不标格体，为一般明代风格。贺从善的《千文虎》、冯梦龙的《黄山谜》、徐渭的《徐文长逸稿·灯谜》……这些与灯谜有关的书籍的出现，都表明灯谜的发展越来越繁荣。

除此之外，一些文人雅士为了使灯谜更具知识性与挑战性，他们开始在灯谜中设置各式各样的谜格。何谓谜格？谜格是组成灯谜的特殊的一部分。它同比赛的制度一样，猜灯谜必须遵守比赛规则。想要参与猜谜的人需按照一定的格式来对谜底进行加工，使之与谜面扣合，最后猜谜人再根据以上的信息得出正确的谜底。谜格的出现，使谜底的取材范围进一步扩大，猜谜的人必须大开脑洞，才可能答出正确的答案。

运用谜格的人很多，但真正使各个时期名目众多的谜格得到较为统一的却是明朝末期的著名谜人——马苍山。他在整理大量前人猜谜的基础上，加上自己的创新，大胆改进，创造出了"广陵十八格"：会意格、谐声格、典雅格、传神格、碑阴格、卷帘格、徐妃格、寿星格等谜格。

谜格的出现意味着灯谜的形式多样化，谜格的创立也标志着灯谜的成熟，它脱离民间谜语，自成一派。值得注意的是，虽然谜格为灯谜增加了丰富多彩的形式，但同时，谜格使灯谜的难度增加。这便不利于灯谜在大众化领域发展，反而成了文人的专属娱乐活动，抬高了猜射灯谜的门槛。

破烂不堪的旧书里竟有大发现

话说明代成化、弘治、正德年间（1465—1521），在杭州府仁和县的一家以经营古董字画为主的商人家里，发生了一件欢天喜地的事情。

究竟为何事呢？

这家经营古董字画店的店主名为大亨，膝下已有两个女儿。可一心想要儿子的他总觉得人生不够圆满，他希望有一天能够与妻子生一个儿子，有儿有女，生活也算圆满了。为了表明自己的诚心，他一心向善，认为做善良的事情能够感动菩萨，赐予他们一个宝贝儿子。

为了使自己的愿望早日实现，大亨很快便采取了行动。当烈日炎炎的夏天来临时，他与妻子一同为过路的人熬制清热的凉茶和可口的粥；当寒冷的冬天来临时，他将暖和的棉衣施舍给穷人，不让穷人在严寒中受冻。除此之外，他还帮穷人负担医药费，力所能及地帮助他人。

皇天不负有心人，在大亨六十岁的这一年，大亨妻子终于生下了他们的儿子——郎瑛。

老来得子的大亨分外爱护儿子。由于郎瑛从小体质欠佳，所以外人认为他长大后不会有所作为。大亨作为父亲，当然不能容忍外人说儿子的坏话，在临终的时候，他便指着儿子对其他人说："我儿子长大后一定是一个有出息的人。"那年，大亨六十五岁。

如大亨所愿，在明正德年间（1506—1521），郎瑛成功考取生员。周围的人都劝他继续参加科举考试。可郎瑛却有不一样的想法，他此时认为："一心追逐名利的人太多，大家都太浮躁了！"于是，果断放弃了参加科举考试，专注于著书立说，不与世俗同流合污，希望通过自身的努力扭转日渐败坏的风气。

郎瑛间断性地以塾师为职业，专心致力于学术，揽其要旨，萃取精华，辨同异、考谬误。最终，郎瑛成为明代著名的文学家与史学家，颇受世人的尊重。

要说郎瑛平时有什么爱好的话，便是收藏书籍、博览艺文，与友人一起探讨经史。若到郎瑛家中一瞧，便会被眼前的景象所惊叹。家里堆满了各式各样的书籍，不仅有经史文章，还有杂家之言、乡贤手记……总之，郎瑛收集书籍的数量之多，内容之广泛，绝非常人可比。除了看自家所收藏的书籍之外，郎瑛还善于运用友人丰富的藏书资源，丰富知识，开阔眼界。

名满天下的以南京刑部尚书之职致仕的顾东桥就是朗瑛的忘年交，两人的关系十分紧密。郎瑛通过顾东桥的藏书资源，见到了许多此生都无法收集的书籍，如《天潢玉牒》这本常人难以获见的明太祖系谱。另外，他还在顾东桥家见到了失传已久的《广陵散》。

藏书对郎瑛的吸引力非同一般，他闲来无事时常会

〔明〕佚名《宪宗元宵行乐图》（局部）

去书市转悠，看看自己能否有运气发现新的"宝藏"，将之收入囊中。

　　郎瑛像往常一样穿梭在书市之中，这一天的书市依旧热闹非凡，几乎每一家书铺都挤满了人。郎瑛随意走进一家书店，买书的人很多，书铺的老板正忙着按照顾客的需求介绍与之相关的书籍。郎瑛到处瞧了瞧，拿起一本书只是晃了一眼便放下了。如此反复几次，吸引了书铺老板的注意。

　　很快，书铺老板便上前问道："我看您似乎在找什么书？不知道您想要什么书呢？"

　　听闻有人在边上说话，郎瑛抬起头，发现竟是书铺的老板，便回道："不知是否有值得参考的古书？"

　　老板摇了摇头，表示没有类似的书籍。郎瑛表示感谢之后，便离开了书铺。之后，他连着逛了好几个书铺，

同样没有发现可以入手的书籍。眼看着太阳已经快要落山，郎瑛心想："看来今天是白跑了一趟。"

正当他准备离开书市的时候，身旁恰巧擦肩而过的一对结伴相行的人说："这么破烂的书居然要价如此高，谁买谁就上当了。"同行的人点头表示赞同伙伴的说法。谁知两人的对话竟然引发了郎瑛的好奇心，这究竟是一本怎样的书？等郎瑛回过头想要询问他们的时候，发现自己与二人已经有一段距离了。他赶紧跑过去，叫住了两人。

"不知二位能否告诉我，哪里有卖你们所说的那本破书？"

路人见有人前来询问，便向郎瑛指明位置，笑着说道："你可以去看看，但是花太贵的价钱买了可就上当了。"

郎瑛向两人道谢后，便前往他们指明的地点。果不其然，有一堆人正聚集在一起议论纷纷："不值，不值。"走近一看，原来是有个书贩在漫天要价。郎瑛上前，对书贩说："能否看看这本书？"书贩说道："可以，不过你得小心一些，这本书很珍贵。"

郎瑛小心翼翼地接过书贩手中的书，发现这本书已经残缺不全了，并且还有老鼠和虫子咬过的痕迹，几乎支离破碎。整本书唯一完整可读的地方，便只有这本书的序了。郎瑛默默地看着序，看着看着他发现：这不就是谜语专辑——《千文虎》吗？这下可把他给高兴坏了。

尽管这本书已经破烂不堪，甚至页面泛黄，朗瑛依然爽快地买下了它。围观的群众纷纷替他不值，却不知朗瑛心中如获至宝。

后来，郎瑛仔细地研究、阅读相关的史料，并在他考辨的权威著述《七修续稿》中写下了《千文虎序》：

夫谜者，隐语也，盖拟诗义而为之。周道衰微，礼义废弛，故各国之诗人歌谣各国之风。上以风化下，下以风刺上，不欲明言而托于物。主文谲谏，言之者无罪，闻之者足以为诫。如《关雎》正后妃之德，《桃夭》以喻夫妇，……隐语因兹而发其端。自后汉蔡中郎邕尝夜过曹娥庙，以手扪邯郸淳之碑，遂成八字，镌之于碑阴云："黄绢幼妇，外孙齑臼。"后杨修解之曰："两字包一字，绝妙好辞。"此谜之始也。

…………

以七字包四字，予曰：不亦难乎？何则，千文缺一句则不可，若鱼鳞之状，中间难包之字多矣。观其用心之处，抽黄对白，谐声假意，辘轳拆白，街谈市语，千奇百怪，应带款曲，灿然靡所不备。予为从善曰："胡不锓梓即行，以补将来之学者，得不泯绝此家之风味也。"从善曰："恐儒者之所薄。"予曰："薄此者，腐儒也。东坡之才，博学宏词，无所不览，尚留心于此，何况于后人乎？虽曰得罪于圣门，亦不害于大义。啖蛤蜊自与知味者道，抑亦可以发一时之怀抱尔。"从善曰："诺！"于是书此以识之。

《千文虎序》的出现，代表着谜语有格的说法最先出现在大众的视野中，也为谜格的发展奠定了基础。

本章谜底：

1.他

出处：〔明〕徐渭《徐文长逸稿·灯谜》。

释义：谜面取自《论语·宪问》："问管仲……曰：'人也。夺伯氏骈邑三百，饭疏食，没齿无怨言。'"其中"人也"两字组合就是"他"。

2.竹帘

第十一章谜语：

1. 金仙捧露万年长。——打一人物

2. 童子六七人，复有友五人：只道三人中有一人，谁知还有二千五百人。——打一人物

第十一章
杭州灯谜
现身各大谜著

自创灯谜教学方式还集谜成册

故事要从明崇祯十七年（1644）说起。

那年年初，李自成领导的农民起义军向应天府（今江苏南京）进攻。三月，面对兵临城下的起义军，明思宗朱由检不愿遭受折磨自杀而亡。十月，因为清朝定都北京，这一年又称顺治元年，自此江山易代。

干戈搅扰，战乱不息，覆巢之下，焉有完卵。有"谜坛宗匠"之称的黄周星和其他明朝遗民一样过着奔波困苦的生活，不幸的是他还一度与家人失散了。直到清顺治五年（1648），黄周星才与妻女在浦城（今属福建）相逢。这年冬天，他们一家人来到了杭州西子湖畔。

在这里，黄周星获得了短暂的安宁。他不愿打破这种美好，选择不再出仕，而是当起了教书先生。他的学生只有十来个，年纪也以十岁出头的居多。

那日，黄周星结束一天的教学，给学生们布置了写篇文章的作业。后来批改文章时，他发现：这些学生知晓典故，但不能熟练运用，还有些孩子则选择死记硬背。

放下手中的毛笔，黄周星萌生了一个想法：他们年纪小，如果只记住知识却不理解，未来对写文章也没有用处。我必须要想个法子，让他们启智。

他看着桌上生涩的文章苦思冥想，半天摸不着头绪。夜幕降临，屋里昏暗不少，黄周星正要点亮桌上的油灯，突然灵光一闪：对了，灯——灯谜！灯谜常常内含典故，会意、借代、拆字这些方法也用得不少，既能开智也能增长见识。一旦猜中了，典故一定不会忘。写文章的时候自然就会用！

他赶紧写下几则常见的灯谜，又自己制了两则，才安心歇下。

第二天授课后，黄周星对学生说："我收集了几则灯谜，大家来猜一猜。"说完，他顿了一下，观察学生的反应。只见那群往日摇头晃脑背书的学生呆了呆，互相对视一眼。一个往日胆子大一些的学生站起来行了个礼："老师，您说的是真的？不是开玩笑？"

"自然是真的。"

学生们按捺不住好奇，纷纷请他快讲。

"何可废也，以养易之。打一字。"

"佯，佯装的佯。谜面出自《庄子·梁惠王上》。这是徐渭徐文长制的谜。"黄周星话音刚落，就有学生抢答，"何字去掉可，改为养，就是佯字。"

黄周星点点头，笑道："倚阑干柬君去也，眺花间红日西沉。闪多娇情人不见，闷淹淹笑语无心。打一字。"

学生们低头沉思了一会儿，由另一个文静些的学生起身回答："老师，是'门'字。这谜是杨景贤制的。阑字去掉'柬'后是门字，间字中的'日'西沉也剩下门字，闪字中的'人'不见了又是门字，而闷字没有'心'还是门。整首诗都在描述门字，用的是减字格。"

......

几轮下来，学生们依然兴致高昂，猜完一个灯谜后大家都满脸期待地看着黄周星，等着他出下一个谜。黄周星意味深长地笑了笑，念出自己制的灯谜："才经函谷逢高凤，又过邯郸遇士龙。打两个三国人名。"

学生们静了静，又过了好一会儿，才有一个学生笑道："是关羽和赵云。函谷是关名，高天之凤是羽，合起来就是关羽。邯郸是古赵国的都城，士龙是陆云陆士龙，这说的是赵云。"

《席》灯面绘图

黄周星笑着点点头，说道："城外小儿，衣冠楚楚；树下小儿，辉映台辅。打两个唐人名。"

"是郭子仪，李光弼！"学生们七嘴八舌地说了答案，"城外是郭，小儿是子，衣冠楚楚是仪，上句是郭子仪。树下小儿是木子——李，辉映的是光，台辅是弼，下句说的是李光弼。"

黄周星听完学生们的答案非常满意，笑着说："刚才那是这节课的最后一个灯谜了。要是觉得有趣，可以记下来，也可以自己创几则，私底下或者授课后相互打灯谜切磋。"学生们一阵欢呼。此后，授课后时不时打灯谜就成了黄周星的特色教学方式。

猜灯谜、制灯谜不仅是黄周星的教学方式，更是他本人的兴趣之一。他在杭州广交友朋，大家时常聚在一起谈论诗文、猜谜射虎。

清顺治十八年（1661），黄周星与吕留良相识，互为知音。

一日，吕留良邀请黄周星到自己家的水生草堂参加一场宴会。黄周星与在座的文人雅士唱和饮酒，觉得只有美酒实在单调，便提议道："各位，单单饮酒、行酒令未免无趣，不如我们以灯谜作酒令，大家轮流出谜猜射。猜中判胜出，反之则失败，失败者自罚一杯，怎么样？"

"好！"吕留良率先赞同。

"那我就抛砖引玉，先出一个。"黄周星沉吟片刻，念道："金仙捧露万年长，泰伯逃周为纣王。不是桂花即菊花，梅莲兰蕙不如他。娄金到午宫，木德甚葱茏。

每一则都是二字人名，时间依次是上古、战国、汉朝和宋代。"（按：谜底为盘古，豫让，黄香，狄青。）

大家各自揣摩，又讨论了一会儿，有猜中的，也有猜不中。由于不中的要罚酒，而黄周星的谜题又是众人都可猜射，这下子席上的气氛比之前热闹多了。

大家依次出谜，很快又轮到黄周星了，他抱拳说道："这是分扣谜，打一三国人物。哪位朋友能猜中，我以'落汤鸡'酬答。这谜是：忽而冷，忽而热，冷时头上暖烘烘，热时耳边声戚戚。"

席上一个穿青色布衣的男子推敲了片刻，答道："是貂蝉吧！天气冷的时候，戴上貂皮做的帽子就很暖和，天气炎热的时候，蝉就开始叫个不停。貂蝉，扣住'忽而冷，忽而热'。"

"有意思！这'落汤鸡'非您莫属了。"说着，黄周星便将刚刚倒满的酒杯递给青衣男子，两人顷刻一饮而尽。看着他们的举动，大家纷纷大笑起来，意识到这"落汤鸡"也是个谜。

正月十五逛花灯

回家后，黄周星左思右想，觉得这么有趣的打文虎不该只在口头流传，决定将生平所见灯谜制成小笺。他一共编辑了 160 条灯谜，每条谜基本都对应了一个古人的名字，少量还对应了两到四个名字。这则小笺被他命名为《廋词》，其中的 160 条谜中就约有 200 个古人姓名。

江山风月主人在《廋词》题词中称："林间多暇，集知己数人，谈宴竟日。酒阑烛跋之余，辄取古人姓名为隐语，以供射覆。中者举大白酬之，不中者罚以苦茗，亦闲居乐事也。"

张潮在《廋词小引》中指出："琼筵射覆，真足以益神智而长聪明，有如此下酒物，一斗岂足多乎？"

风雅上元的娱乐内容入选谜著

清康熙十九年（1680）上元节晚间，遂安十一都的毛家一片欢声笑语。

已经用过元宵晚宴，毛际可的小孙子毛览辉牵着他的手直往园子里走："祖父，带孙儿去看灯！"园子中放着一盏六角猴儿灯。这灯既是为了应今年生肖，也是毛际可为了哄自家小孙子置办的。这不，小览辉已经急得跟那灯上的猴儿一样了。

一家人来到园子里，只见园子里以六角猴儿灯为中心，错落有致地摆放着各色花灯，廊下树上也挂满了大小花灯。这些花灯有四角的、六角的、方的、圆的、莲花状的、元宝状的、鲤鱼样儿的……简直让人眼花缭乱。所有的灯一齐亮起来，直把这夜晚照得亮如白昼。

最招小览辉稀罕的还是猴儿灯。这灯以竹为骨架，蒙着玉色宣纸，上面用绣花针刺了整整三十六只猴儿。猴儿姿态各异，有捧着桃儿的，有搔首的，还有互相打闹的……在橘红色烛光的映照下，那猴儿简直要从灯上跑下来了。

毛览辉兴奋地绕着猴儿灯跑了好几圈才停下来说："祖父，这灯儿真好看！"

毛际可摸摸小孙子的脑袋，笑道："喜欢就好，自己看灯去吧！"又转头指着猴儿灯边上的几盏四角平头白纱灯，对家人说："那几盏灯是专为灯谜而制，一家人只赏灯也无趣，不如作些灯谜猜上一猜，大家乐一乐，也不辜负今天这好日子！"众人笑着应答，都围着灯看了起来。

只见灯上粘着好些灯谜，有浅显通俗的文字谜、事物谜，也有略深奥些的人名谜、诗句谜，却也都不难猜。不知哪个促狭的，竟把"黄绢幼妇，外孙齑臼"粘了上去。

这则谜刚好让毛士储（毛际可次子）看见，笑着取下来递给毛际可说："父亲，您瞧，果真'绝妙好辞'呢！"毛际可捋了捋胡须，笑了。

另一头，毛士仪（毛际可长子）对着一盏白纱灯沉思良久。这灯上粘了十六个谜，竟全是打《孟子》中的人名。他喊来弟弟，说："待旃（毛士储的字），你也来看看这个。"

毛士储将谜面接过，心想：这不是父亲的字迹吗？

只见上面写着：

"垂杨枝上漏春光，归去来辞独擅场。圣主南山容雾隐，素丝良马为谁忙？（《孟子》人名四）"

毛士储把这谜面念了一遍后，便对毛士仪说："兄长，我猜着了，不如我们一人说两个，让父亲评一评，可好？"

"也好，我先吧！杜子美《腊日》诗云'侵陵雪色还萱草，漏泄春光有柳条。'漏，跟'泄'互文，垂杨，是柳。这第一人该是'泄柳'。靖节先生《归去来兮辞》当是'晋代文章'，取'晋文'之义。父亲，可对？"毛士仪询问父亲毛际可。

毛际可捋了捋胡须，笑而不语。

毛士储听哥哥说完，忙道："该我了。圣主是王，'南山容雾隐'用的是'豹隐'的典故，《列女传·陶答子妻》有'妾闻南山有玄豹，雾雨七日而不下食，何也？欲以泽其毛而成文章也，故藏而远害'。这'南山藏雾隐'，藏的嘛，自然就是'豹'了。这第三人该是'王豹'。素丝，是白色的棉，良马是驹。这最后一人嘛，是绵驹。父亲，我猜中了吗？"

毛际可笑着摇了摇头："自然猜中了的。你们两兄弟啊，是认出我的字迹了吧？"毛士仪与毛士储兄弟俩相视一笑，一同朝父亲拱了拱手。

众人猜过几回，尽兴了才找个避风的地方坐着，一边赏灯，一边听毛际可揽着小孙子讲古。

"祖父，我听邻家哥哥说，邻县淳安的里商过元宵节，比我们这儿还热闹，有什么'仁灯''商辂花灯'。这'仁灯'是什么？'商辂花灯'又是什么灯？跟猴儿灯一样好看吗？"

"每年正月十五这天，淳安的各家各户都会带着花灯来到宗祠前，将一节节花灯接起来，就成了条蔚为壮观的龙灯，以此表示对商辂的敬仰，也祈求风调雨顺。淳安这样过元宵，快有两百年喽！商辂花灯可不是我们家的猴儿灯能比的，它又叫'仁灯'，跟'一代贤相'商辂有关。

"商辂这个人可了不得，他可是'三元宰相'，一生功绩卓著。在他七十寿辰的时候，明宪宗特地赏赐了一百只宫灯表示对他的祝福。商辂觉得皇帝赏赐的宫灯不能一家独享，就把宫灯挂在街上让乡亲们一同观赏。'夫仁者，己欲立而立人，己欲达而达仁'，商辂做到了'仁'，而乡亲们感动于商辂的仁义，后来每年就自发带着花灯到商氏宗祠前祭奠他。慢慢地，这就成了淳安风俗，所以商辂花灯又叫'仁灯'。"

"祖父，商辂那么厉害，我也要像他一样。"小览辉听了商辂花灯的故事，大发豪言壮语，引得众人一阵欢笑。

"好啊！那我们览辉可要好好读书做学问了，商辂可是三元宰相呢！"毛际可鼓励小孙子。

〔清〕彭元瑞《康乾万寿灯图·药师灯图》

"什么是三元宰相？"小览辉又发问了。

"三元啊，这科举考试得层层考上去，第一级就是乡试，你若考了第一就是解元，倘若你在第二级会试中考了第一便叫会元，最后一场殿试要是第一便是我们说的状元！若是这三场考试都拿了第一就叫三元，得中三元可难了……"

在欢声笑语中，这一夜的花灯不曾暗淡半分。多年后，安徽歙县刻书家张潮在刻印《檀几丛书》时，将这十六个孟子人名谜收入了《灯谜》一篇，给这个上元之夜留下了一丝印记。

"谜窨子"的听月楼雅集

自从张潮刻印《檀几丛书》，将毛际可十六个孟子人名谜诗收入《灯谜》后，众多爱好文虎的雅士都以为毛际可这十六首谜诗别开生面，只有一人不以为然，这个人叫费源。

费源在《玉荷隐语·凡例》中说："毛际可先生的《孟子》人名谜流传很久了，但是像'君家季父还犹豫'等句子，就如刘舍人嘲笑的那样：句不成句，句义不完整啊！我编的集子可不敢学这个。"

所以，费源到底是什么人？他编的集子又是什么集子呢？

在浙江吴兴（今湖州）苕溪以南，有户费姓人家。费家家道富有，养出了个不谙世故的孩子，就是费源。

费家有钱又宠孩子，几乎是费源爱干什么就干什么，绝不阻拦。费源喜欢画画、研究灯谜也由着他，不想考科举去当官也不强求他。费家宠着纵着，费源就长成了一个生性放达的人。

清乾隆四十五年（1780）正月。

这天园子里的白梅开了，花香四溢。费源得了消息，又见天空中飘然的雪花，忽然起了兴致，写了十几枚柬子，派人速速给他的朋友们送去。这样的景，只他一人赏岂不是太可惜了？

柬子上说他要在明月夜的听月楼里办一场集会，那天正好没有宵禁，可以与朋友们玩个通宵！

元宵节很快就到了，满城都在欢庆盛世太平风调雨顺，家家户户都是热热闹闹的。大街小巷都摆上了花灯。荷花状的、牡丹样儿的；画着梅兰竹菊的、刺着山水虫鸟的；木骨的、竹编的、铜丝拧儿的……各式各样，千姿百态。

一路的欢歌，满河的灯光摇曳。鞭炮刚刚放过，烟火气还没有散开。费源的园子迎来了他的朋友们，听月楼里的这场集会就要揭开帷幕了！

一行人来到听月楼，只见小楼窗户微微敞开，挂着原木色的苇编席子。堂屋正中摆着两张八仙桌并八条板凳，桌上饭菜冒着热气，正是应节的元宵宴。其余摆设雅致有趣，几张书桌上笔墨纸砚齐备，果盘上堆满了黄澄澄的柑橘，角落里散着一个暖烘烘的熏炉，墙上挂着数盏四角平头白纱灯。卷起席子，推窗见月，梅香入屋，混着淡淡的暖橘香和墨香，沁人心脾。

众人先入席吃饭，酒过三巡、菜过五味后，费源才令人撤下饭菜，换上爽口的点心茶果。温好的青梅酒和上好的祁门红茶被端上来，费源举起酒杯敬对朋友们说："元宵佳节例行打灯谜，每轮每人各出三个，以莲漏计时，若漏完时差一个谜便罚酒一杯。然后把大家出的灯谜混在一起后粘在灯上，再每人各取三个来猜。以另一个莲漏计时，若漏完时猜不出或者猜不中，也是一样，一个谜罚酒一杯，三个谜都不成便罚三杯，各位觉得怎么样？"

众人齐声说好。

一名身穿利落箭袖，外罩狐皮外褂的男子笑着调侃道："好你个谜窖子，把打灯谜玩出花儿来了。不是我赵成笑话你，你呀，真是掉进了'谜窖子'了！"

费源满脸是笑，谦虚道："赵兄过誉了，我还差得远呢！"

一阵笑闹过后，又一名身穿蓝色江绸长袍，名叫孙祺的男子接着问道："灯谜那么多样式儿，有俗的有雅的，人名地名、文字事物。今天我们打灯谜，可有什么限制没有？"

"我们不过是游戏一场，寻个开心罢了，限制什么呢？又不是科场制艺，非把人框住！当然是想怎么作便怎么作。四书五经也可，唐诗宋词也行，就是你想出个童谣也没事，只要谜面谜底扣得贴切就成！今天我们不妨来个雅俗共赏！"费源干脆地说。

众人均是乐呵呵的。有一名穿着酱色袍子的范姓男子，本来也和众人一同嬉笑，却在听到费源说到"科场制艺非把人框住"时拧紧了眉想要说些什么，只是因为费源话还没说完，便勉强忍耐听着。

终于，费源发言完毕，他朝费源拱拱手以示尊敬后说："费兄说得是，但是费兄未免太过轻慢科场制艺了。"

"我一个布衣，不求仕途，自然不需要太过看重科场制艺的。"

"费兄，我们读书人，怎么能不求仕途呢？你为何不求？这……"

范姓男子还要继续争论，孙祺连忙拦住他，和稀泥："范兄，这般良辰美景，我们只谈风月。"另一边赵成对着费源挑眉一笑，费源只得摊开双手，无奈地笑一下。

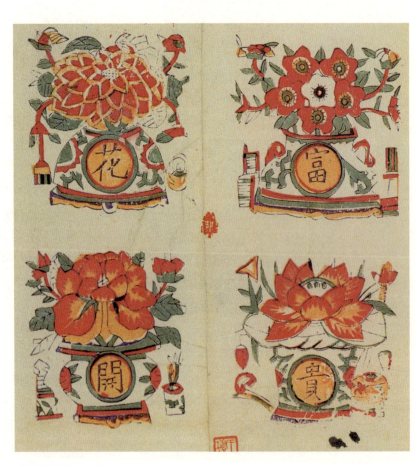

《富贵花开》灯面绘图

接着，费源引着众人走到书桌前，笑道："大家可得抓紧时间作谜，这莲漏可是开始计时了！"随即挥笔写下：

达摩渡江。（《诗经》句）

河鲤登龙门。（"四书"句）

馈五十镒而受。（古人名）

……

猜了几轮后，费源与赵成站在窗边赏着月下的白梅积雪，暗香浮动。费源伸手指了指白纱灯，又指了指窗外，说："如果灯谜不应景，岂不是可惜了？今晚实在尽兴，不如我们常常小聚，打灯谜玩？"

赵成哈哈大笑，拍了拍他的肩膀说："今日聚会这么畅快，为什么不像王羲之兰亭雅集一般，出本集子呢？你自己作的灯谜还有各人的灯谜都可以收进去。你又精于丹青，还能给灯谜配图。说不定，你还能因为这本集子在史上留一笔！"

"好主意！"费源觉得好友这个提议实在恰当，当即就记在心中。夜里得了闲暇，他回忆几番过往的灯谜趣事，酝酿片刻，提笔写下：剪彩逢辰，爆竹声随腊冬……（《玉荷隐语·序》）

同年，费源的第一本灯谜集子就编成了，取名《玉荷隐语》。这本书收录了他自己撰写的谜语，包括《诗经》、《易经》、古人名等25类合计105条。另外，他还汇编了202条当时众多谜家的谜语，编成《群珠集》。

后来，那位诘问费源为何不求仕途的朋友如何了，也无人得知，但布衣费源却以《玉荷隐语》传世，名载谜史。他所写的《拟猜隐谜》还让"谜"多了一个身份——"隐谜"。

2013年7月14日，北京泰和嘉成2013年第二场"书画·古籍常规拍卖会"在首都图书馆举行，《玉荷隐语》一书最终以13800元成交。

笔记里的灯谜

在杭州竹竿巷梁家大宅里，有一间书房，名叫"两般秋雨盦"，是梁氏族人子弟读书的地方。

这个名字是根据杜甫诗句——"万物苦秋雨"来的。取名字的人希望能够借用"秋雨"这个词，向后代子孙传达，要懂得读书应当刻苦努力，才会有收获。

清道光十年（1830）的一天下午，梁绍壬跟他的表兄汪适孙一起在两般秋雨盦里读书。他随手翻着《帝京景物略》，读到一句"灯市有以诗影物，幌于寺观之壁，名之曰'商灯'"，不由得笑了。

汪适孙见他笑得突然，纳闷地问道："绍壬表弟，你在笑什么啊？"

"表哥你瞧。"梁绍壬指着这一句对汪适孙说，"我们现在的人把隐语粘在灯上，管这个叫'灯谜''灯虎'。其实早在明朝就已经有人这么做了。"

汪适孙顺着他指的地方看了看，点点头道："原来是这样！看来那时候的'商灯'跟现在的灯谜也没有多大区别啊！一样都是将谜语粘在灯上。"

"确实，那时候的灯市估计跟现在的区别也不大。"说笑过后，梁绍壬将这一句记到了自己的随笔上。

从小他就有记随笔的习惯。多年来，他跟随父亲的脚步走遍大江南北，远到京师，近到江淮一带，经历了许多事。这随笔也积攒了厚厚一册，内容十分丰富，不仅有一些古代的事迹考察，还有关于诗文的评述、文坛的逸事等等。有时他自己随手翻翻也觉得十分有趣。

"绍壬表弟，看过灯谜，不如我们也来猜几个谜。不管是曾经瞧过的，还是自己作的，都可以。然后，把这些灯谜记在你的笔记里，不是很有趣吗？"

"好主意！"梁绍壬一拍大腿，笑着说："我正有个好谜，表兄你猜猜！听好了！春雨连绵妻独宿。打一个字。"

"这个……这个……"汪适孙摇头晃脑地将这谜念了几遍，嘴里嘟嘟嚷嚷地念叨些听不清的话，手指时而快，时而慢地在桌上滑动。过了好一会儿，书桌都要被划出指痕了，他才挫败地叹了口气："哎！你这谜太刁钻了，我一时半会儿想不出来，满脑子'妻独宿'的闺怨！"

"表哥你别急，再听我念一遍你就能猜出来了。春／雨连绵／妻独宿。"

"春／雨连绵／妻独宿……"汪适孙又念叨了两遍，突然恍然大悟："是一字！以春字为底字，'雨连绵'是无日，'妻独宿'则再去掉'夫'，就是'一'字了！这个谜有趣！谜面情景相融，却给人山重水复之疑，而解底层次井然，又是柳暗花明。有趣！实在是有趣！"

"表哥你猜着了！该你出谜了。"梁绍壬看了半天表哥的热闹，又不好让表哥看出来，自己憋笑憋了半天，可算借着表哥猜中的兴头笑出来了。

汪适孙沉吟片刻说道："那我便出一个'前面吹笛子，后面敲破锣'，打《诗经》一句。"

"这个……"这可有点难到梁绍壬了。只见他手里卷着那本《帝京景物略》，摇头晃脑地踱着步，一步一顿地朝着窗边走去，又一步一步地走回来。整个人像驴子拉磨一样在房里转起了圈圈。转了七八圈，梁绍壬才认输地对汪适孙说："表哥，这谜我是猜不出了。没有一点头绪。"他摇摇头。

"嗨！你想，那吹笛子的声音，是不是'吁哩吁溜'？那敲破锣的声音，是不是'噇吵'？连起来不就是'鱼丽于罶，鲿鲨'？"

梁绍壬哈哈大笑："表哥，这用语古奥，遣字怪癖的两句，竟然让你用谐音来制成谜！真有你的！语意诙谐，字字皆白，细听有吹有打，声声逼真！"

汪适孙得意地挑了挑眉，催道："那再来！该你出谜了！"

"表哥，不如这样，下一轮我们同时出谜，各自写在纸上给对方猜，比谁猜谜的速度快，如何？"

梁绍壬换了个玩法，汪适孙欣然同意了。于是两人各自磨墨出谜，几乎同时落笔，同时收笔。他们互相交换看了谜面，只见两张纸上，一张写着"朗诵史汉——打《左传》句一"，一张写着"怕妻羞下跪——打'四书'句一"。两人这次倒是猜得快，没一会儿就同时写下了谜底"有班马之声"和"懦夫有立志"。停笔时，两人都笑了。

"《史记》的作者司马迁，《汉书》作者班固，'史汉'便是'班马之声'。出自《左传·襄公十年》。"

"怕妻是懦夫，羞下跪自然是想站着。这不就是《孟子·万章章句下》所说'懦夫有立志'？"两人又是一阵哈哈大笑。

后来，梁绍壬将今天和汪适孙所猜的谜记下，又选录了一些有意思的灯谜，编在了随笔的第四卷中，还在第三卷的《子同生》中品评了部分当下很受欢迎的灯谜。

编集完成以后，他直接以书房名字命名为《两般秋雨盦随笔》。他将整本随笔给表兄看，汪适孙看完大赞

《两般秋雨盦随笔》书影

不已。梁绍壬过世后，汪适孙将他的随笔刻板布市。读着新印出来的书，汪适孙好像又回到了兄弟俩一起读书猜谜的那个下午。

本章谜底：

1.盘古

2.李师师

出处：黄周星《廋词》。

释义：他把灯谜与酒令结合，谜的风格与一般明代的谜语不同，极少赋体，大多属会意及借代，也有离合。

第十二章谜语：

1. 商量尝黄汤。——打一句五言诗

2. 货。——打一四书篇目

清代杭州谜社

灯谜第一次上报纸

　　1872年12月1日,夜,今天还是很冷,读完了《申报》新创办的文艺副刊,欣喜之余,也觉得有些遗憾。这本副刊算是脱离了政治的捆绑,刊登的小说、戏曲、话本也还算精妙,文艺作品也算是有了一个好发展,但是我有些不满足,读完报纸一直有一个问题困扰着我:为什么灯谜不能刊载在上面呢?

　　说是内容侧重于文艺,但现在还是主要刊载诗、小说、杂文。灯谜不也是文艺作品吗,为什么不能上他们的报纸呢?难道文艺作品还要分三六九等吗?报纸也不能做到一视同仁吗?我有些想不明白。

　　1872年12月2日,朋友来见我,我们聊到很晚。这是我期待了很久的一件事,我挺高兴的,我俩也是很久没见面了,谈话之间,我又向他表达了自己的疑惑和不满:"他们就是瞧不起灯谜,觉得这是下里巴人的玩意儿,登上去降低他们报纸的格调。"我很气愤。

　　友人随声附和道:"是呀,这就是看不起我们灯谜,想想灯谜也是咱老祖宗留下来的,好几千年了,要说文化底蕴那咱也是够的啊，不如这样，我最近听了很多灯谜，你想听的话咱们就让下人温点酒，好好聊一聊如何？"友人见我生气，便把话题岔开，也算是宽慰一下我。

1872 年 12 月 3 日，昨天跟朋友见面聊得太晚，我还记得他昨天说的那几个有趣的灯谜，我觉得其他作品可以被刊登的话，灯谜也一定可以，这么有趣也不能只我一个人听，我打算整理几则精巧有趣的，投稿试一试，看他们登不登。要是不登，看来这《申报》也不咋地，不能称之为大家风范的报纸；要是登了那顶多算是我自个儿瞎猜，背后说他们坏话，误会他们了。

1872 年 12 月 7 日，《申报》那边的编辑给我回信了，说我寄过去的《灯谜二十五则并引》下周就可以见报了，这样一来肯定会有更多人关注灯谜，我也可以看看大家都是什么反应，这么一下，我只能希望下周赶紧来。所以说凡事都应该积极尝试，不试试可能永远也不知道结果。看来我也确实误会《申报》了。

1872 年 12 月 15 日，拿到了刊登我寄过去的灯谜报纸了，朋友们也都来表示高兴，自己的努力还是有用的，之后有机会可以多向报纸寄这样的稿件过去。

1872 年 12 月 30 日，今天看到新出的报纸上，有一位署名纫秋客的谜友，解答了上一次二十五则灯谜的答案，不知道这位纫秋客长什么样子，要是有机会，真想当面交流一番。

上面日记的主人名为柳浦渔子，正因为他，报刊上刊载灯谜的历史才缓缓开启。柳浦渔子的《灯谜二十五则并引》于1872年的12月14日终于在报纸上刊发了，这也是灯谜刊载在报纸上的最早记录。

柳浦渔子在序中讲述了自己的心路历程："我一直认为申江一带有许多的文人，他们的思想前卫，稀奇古怪的想法也很多，也经常向大众传播一些新奇的见闻。但有一点我真的很好奇——不知道为什么他们单单对于灯谜这样的事谈及甚少，难道是因为他们认为猜谜这样的事情不足为道，纷纷都不屑于说吗？昨天晚上我的朋友从杭州过来，我们在夜晚谈了很久，说到这件事，他也感到很困惑。"

报纸这样专用于刊载新闻的载体，因为柳浦渔子，开始与灯谜有了交集，这种交集也为清代杭州谜社开辟了另一个发展征程。以前猜灯谜大多通过人群聚集的形式实现，现在只需通过报纸就可以实现两个谜人之间的交流，既不受空间限制，也不受制于时间规定，只要拿起报纸就可以随时随地加入这场猜谜游戏。

中国作为拥有报纸读物最早的国家，由于刊发机构一直为中央掌控，所以报道内容大多具有政治色彩，但清代的报纸已经有了明显的变化。

清代报纸发行量增大，受众也不再局限于朝廷官员，普通百姓也开始将读报当成一种消遣，新一批读者的需求不可忽视，政论高谈显然脱离了他们的生活。1872年《申报》创办文艺副刊便成为此时报纸内容发展的另一个转折点，离开政治的捆绑，百花齐放的文艺作品变成了这本刊物的主要内容，也成为杭州谜社的另一种发展途径。

杭 州 风 俗 HANG ZHOU

〔意〕郎世宁
《雍正十二月
行乐图轴·正
月观灯》

211

　　我们无法知晓柳浦渔子与纫秋客是否在现实中真的见了面，但是两人跨越时空的灯谜交流，与当下现代人通过网络交往的方式别无二致。有的谜社在报纸上刊载灯谜，谁拿到这份报纸谁就成为这个谜社的新受众，久而久之，甚至成为这个谜社隐形的社员。

　　有了这次灯谜的刊载，报社也发现了灯谜带来的好处，不仅增加了报纸的趣味性，还大大增加了销量。这之后出现的《消闲报》也开始模仿此举，不仅刊登谜语，也刊登关于灯谜的其他知识，其中不乏杭州的谜社人员为之撰稿。

　　新闻报刊成为文化传播的崭新方式，也成为灯谜发展的崭新场所，线上谜社的到来为杭州谜人们提供了新的交流方式，也对后世灯谜的发展带来了积极的影响。今天的我们依然能从旧时的报刊文字中感受到当时灯谜粉丝们的狂热，自然对于灯谜的传承也有更多敬畏。

藏谜不藏娇
——这场私人派对不一般

时值初秋，重阳已过。

入夜之后不再暑热，虞君却还睡不着。趁着月色，他披着袍子在院子里踱步，脑海中突然浮现出去年重阳派对的画面。

那时自家院子里聚集了不少文人，大家随心交谈，觥筹交错间还给猜射灯虎预留了时间。几个回合下来，宾主皆宜。这么一想，那场景都已经过去一年了。

今年重阳，虞君府上虽然组织了登高采风等各种活动，但注重仪式感的他，在满足之余总觉得少了点什么。天色已晚，虞君在下人的催促下回房休息，却躺在床上辗转反侧，连声叹气。

夫人心思细腻，问他："老爷为何闷闷不乐？"

"夫人还记得去年重阳，在西院摆宴设谜吗？"

"当然，去年老爷可是准备了很久，直到结束都还念叨着赶紧再开一场。因为琐事繁忙，一直没有机会，怎么突然提到这个？"

"今年重阳咱们去爬山，但是我总觉得不尽兴。今日上街还碰到去年参加宴会的一位客人，跟我说今年要是有机会设宴，一定要邀请他。"

夫人一听，心中了然，自己的丈夫博学多才，更是灯谜的狂热爱好者。今年重阳节没有召集朋友让他有些遗憾，说道："重阳虽已经过了，但猜射灯谜并不需要刻意挑时间，只要你想办，虽说晚点，咱们还是可以补一场。"

听夫人这样一讲，虞君瞬间开朗，消解心绪后很快就进入了梦乡。

第二天，他起了个大早。第一件事就是吩咐家丁准备东西，要在家举办灯谜会。自己更是亲自设置谜面、谜目，用心至极。

人多力量大，面对主家突如其来的要求，这些家丁也不慌乱，迅速准备好所需物品。之后，他们又将主家早就准备好的谜条贴在花灯上，将花灯串起来，沿着院子里的石柱拉线拴好，不一会儿，这座位于杭城枝头巷的私家花园便变身为小型的灯谜广场。

十月十九日，这场私人派对如期拉开序幕，爱谜之人纷纷云集虞君家的花园。

其实前几日谜会即将举办的消息一出，这些文人就已经按捺不住结伴邀约同行。所以，到了这天，望一眼园中的人，皆是杭州城内的猜谜高手们，众人摩拳擦掌，大有非要分出个高下来不可的架势。

"禄在其中矣，这是福寿二字。"

"若有也、直在其中矣，这是曰字。"

……

谜面一个接着一个念，谜底一个接着一个被揭晓，不一会儿便将准备的奖品瓜分得七七八八了。

掌声、叫好声、笑声不绝于耳，这藏在私家花园里的谜社此时就是这些谜人的角斗场，灯谜对他们而言不只是爱好，更是用以慰藉灵魂的重要方式。看起来只是一场游戏，但是其中的风雅趣味才是吸引众多文人参与其中的内核所在。精巧的谜语让众人燃起斗志，誓要多打几只灯虎来证明自己的实力，至于打多打少，当然也是各凭本事了。

《渊明采菊》灯面绘图

一场灯谜会下来，有人乘兴而来，满载而归，也有人空手而回。虽然大家收获不同，但对于猜灯谜这件事的热爱却一丝也不会减少。清人赵骏烈曾道："灯谜巧幻胜天工，不惜奇珍与酒红。多少才人争夺彩，夸长竞短走胡同。"（《燕城灯市竹枝词》）

其实猜谜的奖品对于这些人而言都是身外之物，灯谜蕴含的文化底蕴才是文人在意的。一场谜会结束后，在回家路上细细揣摩今日谜局里的谜语，复盘自己哪里发挥失常，输给了西城的那个秀才，这才是真正的趣味所在。

短暂的聚会结束，虞君也算了却一桩遗憾。这次的灯谜聚会后来也被《名园射虎》报道在 1895 年 11 月 15 日的杭州谜事中：

> 武林行秘书馆主虞君清如，风雅士也，住居杭城之枝头巷，家有名园一所。……每当春秋佳日，作东道之主人，为西园之雅集，虞君既博学能文，又尤善隐语。往年于登高节后制就灯虎，请人猜射，今于十月十九日又在园内举行是会，上下城之善射虎者，咸集于兹。所制各谜俱巧妙非常，耐人寻味，虽事近游戏，然不可谓非文人之乐事也。

这也成为今天我们重温当年趣味赛事的重要资料。

这样的私人谜社在当时谜风盛行的杭州并不罕见。文人聚在一处，张贴灯谜任人猜射，猜中有奖，以助兴趣。

其实就在不久之前的重阳节，杭州城里还有一位爱谜人士杨春浦也组织了一场规模更甚的谜会，可那时虞君正在杭州某个山上眺望风景呢。

清代杭州谜社的发展离不开虞君、杨春浦这些组织者的贡献，私人谜社的繁荣也促成了灯谜历久弥新的发展。在这个私人派对里，灯谜是联络每个人的桥梁，作为谜社成员，每个人都在发挥自己的能量，寻找属于自己的乐趣。

本章谜底：

1.能饮一杯无

出处：柳浦渔子《灯谜二十五则并引》。

释义："能饮一杯无"出自唐白居易《问刘十九》："绿蚁新醅酒，红泥小火炉。晚来天欲雪，能饮一杯无？"黄汤多指酒。《红楼梦》第四十四回：贾母啐道："下流东西，灌了黄汤，不说安分守己的挺尸去，倒打起老婆来了。"

2.为政第二

出处：柳浦渔子《灯谜二十五则并引》。

释义：《尚书·洪范》有"八政：一曰食，二曰货，三曰祀，四曰司空，五曰司徒，六曰司寇，七曰宾，八曰师。""货"为"八政"第二，谜底"为政第二"。

第十三章谜语：

1. 荀子言性恶。——打一春秋人物

2. 凭君传语报平安。——打《孟子》中一句

第十三章

清代杭州谜人

大师修炼法则一：兴趣成就事业

灯谜发展到清朝，可以说丝毫不缺追随者。清代谜人层出不穷，其中来自杭州临平的俞樾可以称得上是灯谜大师。要是能够当面请教这位大师的成名之路，他应该会从四岁那年的一场灯会谈起。

清道光五年（1825）的正月，像往年一样，杭州城家家户户都开始为春节的到来做准备，到处都洋溢着节日的气氛。但是这个春节对于四岁的小俞樾来讲，却有着不一样的意义。

今年是俞家举家搬迁的第一年。他们离开一家人生活了大半辈子的德清，来到了俞樾母亲的故乡——临平。搬家这件事对于小俞樾来讲，不像大人一样拥有更多感怀，他除了刚开始的不适应，更多的是对周围环境的好奇。

这里的一切都是新的，新的房子、新的仆人、新的教书先生，但是这里却没有那家他最爱吃的桂花糕。一想到这个，小俞樾便心生委屈，吵着闹着要回家。

要不说小孩子就是好哄，见大伙都没招，俞樾舅舅便来到他跟前承诺他，等到了上元节那天，带他去灯会上玩，请他吃灯会上最好吃的桂花糕和莲花糯米藕。一旁的表姐也告诉他这里的灯会可热闹了，要是现在回家，之后想看的话就得等一年，不如先看看，看完了再回家也好。

大家你一言我一句，把灯会描绘得像是仙境，勾起了俞樾的好奇心。年幼的小俞樾当即决定留下，看一看这临平的灯会到底长什么样子，也要尝一尝这里的桂花糕是不是比自己家门外的好吃。

除夕一过，一晃就到正月十五了。搬过来的这十多天里，他一直惦念着灯会，早就忘记了家门口的桂花糕。眼见天色越来越晚，他也越来越激动，吃完饭就拉着外婆来到灯会入口。

他没有第一时间进去，而是走上了挨着灯会的那栋高楼，小小年纪的他颇有王之涣的架势，深谙站得高看得远的道理。

果然，站在十几米高的楼顶，放眼望去，灯会景象一览无余。红色的花灯挂满了整条街，偶尔穿插几盏绿色的，格外显眼，却不觉突兀。街上人头攒动，各种摊位面前围满了人，虽看不清他们的神情，但是从那边传过来的笑声里也可以听出他们的喜悦。还有很多提着自制花灯的小孩子在人群中穿来穿去，追逐打闹。

眼前的景象是小俞樾从未见过的，一时间他竟忘记了自己心心念念的桂花糕。

"俞樾，俞樾……"外婆连叫两声他才应，"我带你去下面玩儿吧，你不是想吃桂花糕吗？看，就是那个摊位。"

说话间祖孙二人便下了楼，还没走到桂花糕摊位前，就看到不远处聚集了好些人。小俞樾利用身材优势挤进人群，只见他们都抬着头望着上方一个贴满纸条的花灯，因离得太远，看不清上面写的是什么。

"先生，你们在看什么？"俞樾开口问旁边的人。

"在猜灯谜，小孩儿你也要猜一个吗？猜中了奖你一块桂花糕吃。"那人低头瞧见这小人儿有趣，便想逗逗他。

"灯谜？灯谜是什么？怎么猜？"为着桂花糕，小俞樾想试一试。

"你看周围的人啊，他们可都是咱们这儿最有学问的人。猜灯谜可是今天的重头戏，上面那句诗，就是谜面，可是这谜底呀，要等到最聪明的人出现才能揭晓。你个小孩儿，可凑不了这个热闹，这是大人的游戏，你呀，回家好好读书，等你背完四书五经再来，说不定能猜中一两个。不过这块桂花糕我照样送你吃，快去找你家大人吧。"

说完那人就给了他一块糕点，不再理他，留下拿着桂花糕的小俞樾愣在原地。

原来猜中灯谜就可以成为最聪明的人，我也要做最聪明的人。谁也不知道，就是这一次与灯谜的初次接触，在小俞樾心中埋下了谜瘾种子。

都说三岁看到老，四岁的俞樾从灯会回去之后，再也没有提回家的事，空闲之余就缠着舅舅同他讲解灯谜。

就这样在临平生活了二十八年，当年那个连灯谜是什么都不知道的四岁小男孩一步一步成长为灯谜大师。他的谜著更是广受追捧，成为今天世人研究当年灯谜历史的重要资料，不过这也是后话了。

他曾在书中告诉世人自己与灯谜的渊源："我四岁时从德清南埭的故居迁到了临平，到我三十二岁时便到京城为官。在临平几乎住了三十年，说起来这时间不算太短。刚刚到临平的时候，住在史家埭戴氏之屋，正好挨着街边，每年正月上元节的时候，太夫人就会带我去观花灯……"

可能在之后的时光里，俞樾也参加过许多灯会谜事，但是 1825 年的那个冬天才是他关于灯谜记忆里最特殊的存在。

俞樾像

大师修炼法则二：坚守热爱

不得不说，俞樾一家搬来杭州是他生命中最重要的转折点。杭州为俞樾的兴趣爱好提供了一个具备天然优势的培养基地，无论是西湖边上无数个不知名的谜社，还是每逢上元佳节热闹无比的灯会，都成为俞樾学习、研究灯谜的摇篮。

四岁初遇灯谜之后，俞樾在杭州这座文化城市潜心"修炼"。之后的两年时间，母亲姚夫人成为他灯谜之路的第一位老师，四书五经不能说倒背如流，但对于里面的句子，他也可以信手拈来。

"先回去背完四书五经，才能猜灯谜。"那晚灯会上路人对他说的话，他一直记着。要想成为灯谜大师，必须先打下坚实的国学基础，在成为大师的路上，俞樾可以说一刻也没有松懈。

他每日用功学习经典古籍，熟读成诵，在经学方面功底扎实。当然，他并不满足于死记硬背，而是追求融会贯通。为了巩固所学知识，他经常动笔写作，现在还流传着许多以前他写的笔记。

他九岁时便能写书，还能为其作注释，这要是搁在现代，俞樾肯定会被人称为神童！十岁以后，他在表亲戴赊仲的指导下学习，大人们都很喜欢他。十五岁又跟着父亲到常州教馆读书。

这些经历都为俞樾后来写出好的谜面打下了坚实的基础。他的谜面常常是根据之前学习到的古籍或者人物进行创作的，如谜面"苏秦始说秦惠王"，谜底为"《论衡》"；谜面"即从巴峡穿巫峡，便下襄阳向洛阳"，谜底为"杜回"等。这也为他之后出书立作铺好了路。

三十年后的他已经不只有灯谜达人这一层身份。他热爱一切有关文艺的东西，文学创作、诗文、小说、戏曲都有涉及，即使在当时大家辈出的文艺圈里也拥有很高的地位。

就如生物界里食物链的存在一样，大鱼、小鱼、虾米各有各的排名，就算处在灯谜发展繁荣的杭州，也不见得当时的圈内人士都对灯谜抱有好感。文学界里也存在着鄙视链，尤其是对待灯谜这类民间玩意儿，有些文人更是不屑一顾。

在清代，传统学者们往往认为"词章尤小家数"，有很多人看不起灯谜。他们对于俞樾喜好灯谜这一点总是看不上，故而三五学者只要聚在一起，便会说他的不好。

"不伦不类""喜欢这种民间俗气的玩意儿"，质疑、嘲笑的声音向来不断，甚至在一次参加经学讨论聚会的时候被人公然说自己不配与他们同坐。

"是谁说民间文化一定粗野，而精英文化就一定高雅呢？今天我们追捧的《诗经》不也是当时的民间俚语

俞曲园故居

吗？"刚开始俞樾还会同人争辩，久而久之他便不再理会。兴趣是自己的，其中的乐趣懂的人自然懂，与不理解的人争论不就是浪费时间吗？

想通之后的俞樾，坚定自己要做不一样的烟火，更加深入谜道，曾自谓："我虽然不是特别擅长戏谑的人，却还可以写一些有意思的谜语。"

从四岁初次接触灯谜起，猜谜制谜对俞樾而言不再只是爱好，更融入了他的生活。

后世有人评价俞樾是个幽默大师，擅长戏谑，喜爱游戏。能有这样的评价，和他从小接触的灯谜、戏曲是分不开的。他还编过一本书——《曲园三耍》，其中囊括了"八卦叶子格""三才中和牌谱""胜游图"三种游戏。

俞樾不仅用文字为大众解释了该如何游戏，还通过画图方式来介绍。除此之外，他还给这些游戏取了有趣的名字，例如"聚星""合璧"等等。就算是后来做了老师，他也不忘利用职务便利，将灯谜推荐给自己的学生们。

编纂谜书之余，他还喜欢用谜语考学生，若有人答对了，便奖赏那人一块点心。让人不禁想到当年那个在灯会上收到桂花糕的四岁小孩儿。想来章炳麟、黄以周、戴望、崔适等学术大家都曾在他的课上跟他一起探讨灯谜，就是不知道他们中谁吃到了俞樾给出的点心了。

话说回来，也是因为他不为模式固定的个性，在他培养的众多学生里既有学术大家也有艺术大家。谜语这种原本不被传统学者看好的文学样式，也因为俞樾的编纂和喜好，被编入著作集，他所创作的谜语也为当世爱谜之人广为推崇。

从四岁到中年，俞樾自始至终都与灯谜联系在一起，作为实实在在的灯谜粉丝，他始终追逐着自己所爱。面对不一样的声音，他也从不改变自己的初心，而对于灯谜的传承，他也在不断贡献自己的力量。

可见不是人人都能成为大师的，如果说四岁的俞樾仅仅是凭着好奇，在机缘巧合之下才接触到灯谜。那么之后的俞樾，就是因为心底的坚守才能将这份热爱刻在生命里。

一场师徒猜谜游戏

据民国《定海县志·人物志》表九《游寓》记载，俞樾"尝避洪杨乱，携眷来定海（浙江省舟山市原名宁波府定海县）"。他在舟山游寓和讲学期间，曾以舟山的一些地名、岛名制作过灯谜。

又据《舟山市志》记载，舟山灯谜有一条"游子方离母牵挂"，谜底为"定海"的灯谜，系清代文人俞曲园所作。

为了躲避太平天国战乱，俞樾一家来到定海，如今已经有好几年了。这几年俞樾一边做学问写书，一边授课教学生，日子过得还算安稳。

但他总时不时想起科举那一年的试题："淡烟疏雨花不落。"想起自己的回答："花落春仍在……"还有自己给妻子文玉一个真正的家的承诺。

这一天，俞樾心情苦闷，一个人走到了海边。天气晴朗，海面广阔，天地浩大，他却觉得自己愧对那句"花落春仍在"，愧对妻子文玉。他痴痴地看着大海，满心迷茫。恍惚间，他听到两个渔家小孩在玩猜谜。其中一个小孩嬉笑着唱道: "我有一只大黑手，手上只生两指头。伸手抓住海底泥，凭君大力难移走。"

听到这个，俞樾一下子忘记了自己在愁什么，满脑子想的都是这个谜。他想：这两个孩子都是渔家娃娃，猜的肯定是他们生活中见得多的东西。什么渔家物品是黑色的，只生两个手指的，要接触海底泥还坚定不移的呢？啊，是锚！为了防止海水锈蚀，锚表面一般都用黑色沥青刷过，"伸手"（抛锚）入海，锚爪钩住海底泥，将船牢牢固定在海上，不管多大的风雨都不会动摇。

"我也应该像锚一样坚定，努力做学问，做到'著述等身，笃老不倦'。"

俞樾的心坚定了。他想，既然定海送我一个"锚"谜帮助我坚定信念，不如我也以舟山的地名、岛名做几个谜，送谜给定海，报答定海的这个谜。

俞樾看着浪花打在礁石上碎成了水花，那礁石仿佛将海定住。他灵光一闪：游子方离母牵挂——定海。"游"这个字要是将里面的"子"和"方"都去掉，再加上"母"，不就变成了渔家离不开的"海"了吗？

得了一个谜，又接着往下想。定海有一个六横岛，"六横"，他用手比画了一下，惊讶道："这不就是《易经》里的坤卦符号吗？"……想了好几个谜，俞樾终于心满意足地回家了。

第二天课后，俞樾带着三名学生来到茶馆里，围着一张八仙桌坐下。叫了一壶好茶和一些点心后，他连忙摆出一叠写了灯谜的笺纸让学生们猜。按照他的老规矩，猜中的就奖励点心。他已经迫不及待想要跟学生们分享他昨天想出来的灯谜了！

学生甲君拿起笺纸念道："烽火台——打一地名。"念完就不作声了，喝了一口茶，坐在椅子上慢慢地琢磨。

学生乙君性子急躁些，念了"口若悬河——打一地名"后，"嘿呀"一声："口若悬河这口是挺长的了，可是长口？哪儿有这样的地名呢？"念念叨叨的，把周围一群喝茶的都吸引过来了。

爱看热闹是中国人的天性，更何况江浙一带读书风气重，爱猜谜的人实在不少。

有个人看得实在心痒难耐，索性越过众人走到俞樾面前拱了拱手："先生打扰了，您这儿的灯谜实在有趣，请问能不能与民同乐，让我们大家伙儿也一起猜上一猜，凑个热闹？"

"请随意。今儿虽然没有灯，但有灯谜，大家一起赏玩也是一件乐事。"俞樾欣然应允。

桌边的人越围越多，大家都看着桌上的灯谜。最后一个学生丁君一直没有说话，只是默默地看着灯谜。他性格腼腆，却也是才思最敏捷，猜谜最快的。

"先生，这两个我猜着了。"丁君说道："千里眼——打一地名，猜的是马目；坤卦符号——打一地名，猜的是六横岛。"

"丁君你别光说谜底，你也解释解释呀！"乙君听到丁君已经猜出两个了，急忙说道。

周围一圈人有恍然大悟的，有频频点头的，也有懵懵懂懂、满脸疑惑的。只有甲君不动如山，仿佛没有听见周围的热闹，一心解着自己手上的谜。

丁君接着说："千里用的是千里马的典故，代指马，眼就是目。所以千里眼猜的是马目。这坤卦符号……"他把杯子里的水倒出一点，用手沾着在桌上画了两个"三"，接着说道，"这就是六横岛了。"

"好！小兄弟脑子转得真快！"周围一片叫好声。

"今天的点心你是吃着了。"俞樾笑着说道。

"先生，今天的点心我也能得了，这烽火台我也猜着了。"甲君说道："这烽火是狼烟的烟，台也叫墩，况且这烽火台又可以称作烟墩。"

山水人物均可制成灯谜

"哎呀，怎么你们两个都猜着了，我光顾着瞧你们，自己这谜还没摸清呢！"乙君连连叹气。众人哄堂大笑。

之前来问能不能一同猜谜的那位先生拍拍乙君的肩膀，说道："小兄弟，你听听我说的对不对。口若悬河，说的是不是长长的念白，简称长白？"

"好像有几分道理。"乙君迟疑道。众人又是一阵笑闹。

正热闹着，一位茶客对俞樾说道："先生好心思，今天这谜猜的都是我们定海的地名。"

"定海是个好地方啊！除了这些，我还有一个地名谜——游子方离母牵挂。"俞樾说道。

"先生这谜跟'春雨连绵妻独宿'有异曲同工之妙啊！"有茶客说道，接着，他说出了谜底。

直到天快黑了，俞樾制的谜笺都猜尽了。众人才散了。

后来，俞樾作的这些关于定海的灯谜，都被《舟山市志》记下了。

谜著也是可以考据的

清光绪四年（1878），俞樾的母亲去世。第二年，他又痛失爱妻文玉。文玉葬礼的地点，选在了对于这对夫妻有着特殊意义的俞楼。

俞楼位于杭州孤山南面山脚，它依山傍湖，间以修廊短篱，花木葱茏，风景秀美可人。如果是明月夜，有西湖明月相伴，俞楼就更美了。

这是俞樾和文玉最后的家。在这里，俞樾好像随时都能看到文玉的身影。他在楼里教书时，她在楼外浇花。他在书房里写文章时，她在一旁绣花。闲时他们还曾赌书泼茶，猜谜说笑。

如今她走了，谁陪他一起看西湖明月、赏上元花灯呢？葬礼上，他哭着说："月到旧时明出，与谁同依栏杆。"

俞樾将文玉葬在了杭州三台山上，自己在墓旁起了三间小屋，称右台仙馆，与妻子相伴。俞樾妻子走后，剩下他一个人，又老又病，已经没有精力再研究经义写文章了。

谁能想到，被恩师曾国藩笑称"拼命著书"的一代朴学大师俞樾，已经无力从事经学研究了。

不再研究经学后，俞樾空闲了下来。他不想被人打扰，便给亲朋好友去信，请他们不要登门了。现在他一个人呆在屋子里，愣愣地发痴："剩我在这人世做什么？一个孤鬼。"

他想着文玉道别的话："吾不起矣，君亦暮年，善自保重。"他得听文玉的，保重自己，让自己开心起来。

让自己开心的方法，他想起了编写灯谜。俞樾将自己平时作的100条灯谜整理起来，前面是谜面，后面是谜底，编在《春在堂全书·曲园杂纂》第四十九卷，形成了灯谜合集——《隐书》。

他在这本书的序言中写道：认为汉代《艺文志》有十八篇《隐书》，所以自己把灯谜编辑成书这件事是有历史根据的，不是凭空乱造的。虽然没有淳于髡那样的口才，但他也有秦客那样的想法，又很会玩猜灯谜这种文人的博弈游戏，所以就把灯谜编成一册，希望能跟同好分享。

其实，这本《隐书》哪里是给别人写的呢？这是俞樾写给自己，哄自己开心的。

俞樾从小就喜欢猜灯谜。他生活在江浙一带，这儿文化气息浓厚，上元节张灯猜谜可热闹了。看花灯猜谜是俞樾小时候最喜欢的娱乐方式，他至今还记得当年和母亲一起上楼看花灯的场景。

成年后，俞樾还是喜欢猜灯谜。他还喜欢给他的学生出谜，猜中了就拿糕点作奖励。他那些学生谁没得过他奖的糕点呢？

俞樾也还记得上元节和妻子一起去看花灯、猜灯谜。火红的莲花灯下，她笑着问："福寿——打《论语》一句，这谜你可猜着了？"怎么会猜不着呢？这谜是之前夫妻二人合作，他出谜面"福寿"祝文玉"福寿"，文玉制谜底"禄在其中"祝俞樾大展宏图。夫妻二人琴瑟和鸣，是多么甜蜜啊！

1879 年，杭州三台山下有三间小屋子，屋内有一个人在默默整理灯谜，形单影只。屋外，一个小小的土包独对山河，草色青青。

《隐书》谜作讲究别解，且重审字假借。《隐书》的谜作中，谜底、谜面都是取自一些经籍、诗歌、历史人物或是文人名字等。如谜面"苏秦始说秦惠王"，谜

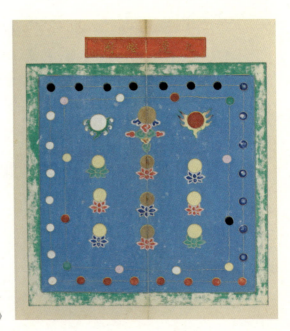

〔清〕彭元瑞
《康乾万寿灯
图·九莲灯图》

底为"《论衡》";谜面"即从巴峡穿巫峡,便下襄阳向洛阳",谜底为"杜回",等等。在《隐书》的序中,他还用《汉书·艺文志》的例子证明这种文体"由来已久"。

清光绪六年(1880),《隐书》作为灯谜专著刊印,俞樾被称为"灯谜名家"。灯谜这种曾经似乎不上台面的文学样式,因为俞樾的亲自宣传,受到了重视,被编入著作集,最终可与经史文章、诗文并存。

在编写《隐书》的过程中,时间如西湖上的风,轻柔拂过,将人的苦痛淡化。俞樾已经很久不曾痴痴地看着屋外了。

清光绪十八年(1892),《新灯合璧》再版,出版社邀请俞樾题《钗头凤》一阕。他忽然又想起来当年上元节与妻子一起看花灯、猜灯谜的事情来。妻子离世也有十三年了吧!他一个人还要继续在这人世间漂泊浮沉……只剩他一人独自回味:

> 春灯谜,春宵戏,闲情偶向闲中寄。消和息,浑无迹,绛纱亲制,锦笺偷译,密密密。　文心慧,诗心细,大家围着灯儿睨。寻还觅,机犹窒。几回凝想,默头抱膝,得得得。

清光绪三十三年(1907),俞樾八十六岁,以"美名"谢世,被葬在了西湖三台山东边山脚下。经学家俞樾离世,他的一生也要任后人考据了。

本章谜底：

1.孟之反

出处：俞樾《隐书》。

释义：孟子认为"性本善"，荀子认为"性本恶"，所以荀子的主张与孟子相反。

2.言不必信

出处：俞樾《隐书》。

释义：孟子曰："大人者，言不必信，行不必果，惟义所在。""凭君传语报平安"可以理解为"可以让人口头传达不需要写信"。

参考文献：

〔清〕俞樾：《春在堂随笔》，辽宁教育出版社，2001 年。